Im Schatten der Mauer

Zeynel Kara

Im Schatten der Mauer

Bibliografische Information der Deutschen Nationalbibliothek:
Die Deutsche Nationalbibliothek verzeichnet diese Publikation in der
Deutschen Nationalbibliografie; detaillierte bibliografische Daten sind
im Internet über
< http://dnb.d-nb.de > abrufbar.

Lektorat, Satz, Umschlaggestaltung, Herstellung und Verlag:
Books on Demand GmbH, Norderstedt
ISBN: 978-3-8334-7953-3

Inhalt

Im Schatten der Mauer

Was man nicht im Kopf hat, muss man in den Beinen haben«, sagte meine Oma immer, wenn ich etwas Falsches gemacht hatte. Und sie fügte hinzu: »Wer sein Unglück selber verschuldet hat, braucht sich nicht zu beklagen.«

Heute verstehe ich diese Sprüche viel besser als damals, weil ich den Schmerz nicht nur in den Beinen, sondern in meinem ganzen Organismus spüre. Ich beklage mich auch nicht, weil ich es verdient habe.

Sie hat wieder Recht gehabt.

Viele Kabel und Schläuche verbinden mich mit den Maschinen, die mich am Leben erhalten. Dass ich noch atmen, sehen und denken kann, verdanke ich diesen von Menschen erfundenen Maschinen. In weißem Bettzeug liege ich wie eine Leiche im Leichentuch. Ins Zimmer kommen öfter zärtliche Krankenschwestern und Ärzte, die ihr Mitleid hinter einem Lächeln versteckt halten. Sie lesen die Maschinen ab, machen Notizen und gehen wieder so lautlos fort, wie sie gekommen sind.

Seit Tagen bin ich auf der Intensivstation.

Irgendwo habe ich gelesen, dass die Aufgabe eines Organs von einem anderen übernommen werden kann. Das stimmt. Obwohl ich mich nicht bewegen und meine Gefühle nicht ausdrücken kann, verstehe ich jede Bedeutung der Gesten und Mimik. Jede Wahrheit, die hinter einem Wort versteckt ist, ahne ich. Die Gedanken der Menschen kann ich von ihren Augen ablesen. Meine

Wahrnehmung muss also durch den Verlust meiner Sprache sehr gewachsen sein.

Meine Frau kommt jeden Tag hierher, sitzt am Fenster und beobachtet mich. Obwohl sie sich traurig zeigt, scheint sie sehr zornig auf mich zu sein. Wäre ich nicht in dieser Lage, hätte sie mich am liebsten umbringen wollen. Sie weint manchmal, aber die Tränen fließen nicht für mich, sondern für sie selber. Ja, ohne dass es ihr bewusst ist, versetzt sie sich manchmal in meine Lage. Mich in diesem Zustand zu sehen, ist für sie in Wirklichkeit ein Sieg.

»Wie schön, dass du in meine Hände gefallen und von mir abhängig geworden bist«, sagen ihre Augen. Sie überlegt, dass ich wie ein Baby von ihr gefüttert, gewaschen und gewickelt werden muss. Mit mürrischem Gesicht sieht sie dann ziemlich sauer aus, ekelt sich, ihr dreht sich der Magen um. Aber sie erinnert sich, dass ich versichert bin und entweder in einem Krankenhaus oder vom Pflegepersonal zuhause versorgt werden kann. Ihre Gesichtsmuskeln werden weicher, sie fängt an zu träumen: Meine Lebensmittel- und Imbissläden hier in Berlin, mein Orangenhain in unserem Dorf, das Sommerhaus am Mittelmeer, mein Geld auf der Bank, mein Mercedes, der nicht mal ein Jahr alt ist, werden alle in ihren Schoß fallen. Meine Rente ebenso. Plötzlich glänzen ihre Augen und sie lächelt mit leicht vorgeschobener Unterlippe aus dem Mundwinkel. Halblaut murmelt sie ihre Gebete. Aber sie sind nicht für meine Heilung, sondern für die Erfüllung ihrer schamlosen Wünsche bestimmt. Was sie sich wünscht, weiß ich ganz genau: Sie fleht Allah an, mich so schnell wie möglich zu sich zu nehmen.

Ich bin sicher, dass sie alle meine Geschäfte verscherbeln will. Einen Großteil des Erlöses wird sie sich in die eigene Tasche stecken und damit in die Türkei abhauen. Sie wird erst versuchen, ihren Bruder zum Schweigen zu bringen, damit er seine Nase nicht in ihre Angelegenheiten stecken kann. Es reicht, wenn sie ihm etwas Kapital gibt, um ihm irgendein Geschäft zu ermöglichen. Unsere Töchter werden ohnehin hier bleiben und sich nicht in das Leben ihrer Mutter einmischen.

Sie wird in meinem Sommerhaus wohnen und jedem sagen, dass sie Witwe sei. Ohne in den Spiegel zu schauen und ihre winzigen Beine, trommelgroßen Hüften und Melonenbrüste zu bemerken, wird sie jemandem glauben, der ihr sagen wird, wie hübsch sie sei. Durch die Trauung eines Imams heiratet sie ihn, ohne zu wissen, dass er nur ihr Geld will, um ein liederliches Leben zu führen. Sie wird nicht ahnen, dass er, ihr Liebeslieder singend, an hübschere und jüngere Frauen denken wird.

Na schön, sie ist ja schließlich aus fremdem Blut. Was ist mit meinen zwei Töchtern? Mein eigen Fleisch und Blut. Sie sind mir mehr wert als mein eigenes Leben. In den letzten Tagen bin ich in ihren Augen zum Feind geworden. Wenn ich in ihre Augen blicke, lese ich, wie sie mich zu Grunde richten wollen. Bei jeder Gelegenheit reiben sie es mir unter die Nase und freuen sich genau wie ihre Mutter. Und sie wissen, von nun an sie sind frei wie die Vögel. Sie können alles tun, was sie wollen. Sie können jederzeit ausgehen, ohne mich zu fragen. Sie können sich verheiraten, ohne meine Erlaubnis einzuholen. Leider werden sie Männer finden, die gut aussehen, aber im Kopf und in der Tasche nichts haben.

Und meine Freunde? Meine Glaubensbrüder, mit denen ich in der Moschee fünfmal am Tag in der Reihe gestanden und genauso oft gebetet habe? Durch diese Gelegenheit konnte ich auch sie richtig kennen lernen. Sie sind wie meine Frau und Töchter. Ein paar von ihnen haben mich besucht, die bei mir Schulden haben, ohne dass es einen Schuldschein gibt. Sie wollten nur wissen, wann ich sterben werde. Als sie wieder gehen mussten, wünschten sie mir keine gute Besserung, sondern »Allah befreie dich«. Ich weiß, was sie damit meinten: »Allah hat deine Sprache genommen und möge auch deine Seele nehmen. Damit wir von unseren Schulden befreit sind und du von deinen Leiden.« Ich ahne, von ihnen kommt keiner mehr zu Besuch.

Na ja, wie es heißt: »Vor Unglück ist kein Mensch bewahrt.« Wie hätte ich wissen können, dass eine Mauer, die jahrelang wie ein Berg dagestanden hatte, eines Abends wie ein verfaulter Baum fallen und mich begraben würde?

Wie viele Tage vergangen sind und seit wann ich hier in diesem Zimmer liege, weiß ich nicht. Jeder Tag, jede Stunde und jede Minute sind für mich gleich. Es ist immer halbdunkel, Tage und Nächte kann ich überhaupt nicht unterscheiden. Nur wenn die Besucher gehen und wiederkommen, merke ich, dass ein neuer Tag begonnen hat. Aber den Tag, der in meinem Gehirn eingraviert ist, kann ich nie vergessen. Egal, wann ich sterben werde und welches Datum auf meinem Grabstein geschrieben steht, das ist unwichtig. Mein richtiges Sterbedatum ist der 9. November 1989, als die Berliner Mauer auf mich stürzte.

Ich glaube fest daran, dass es mir wohl so bestimmt war. Wenn ich vor zwanzig Jahren davon geträumt hätte, hätte ich es nie geglaubt. Jemand wie ich, der als Leiharbeiter nach Deutschland kam, wurde ein reicher Mann und musste zum Schluss so etwas Schreckliches erleben.

Es ist sehr schwierig, als gesunder und kräftiger Mann, dessen Blut in seinen Adern kocht, ohne eine Frau zu leben. Und Gundula war so jung und schön, ich musste einfach diese Sünde begehen. Ich weiß es nicht genau, aber wenn meine Frau fünf Jahre lang nicht in unserem Dorf, sondern in einer großen Stadt wie Berlin gewesen wäre, hätte sie vielleicht die gleiche Sünde begangen wie ich. In einem kleinen Ort ist es sehr einfach, ein Heiliger zu sein.

Wer hätte in meinem Bekanntenkreis wissen können, dass ich eine Geliebte hatte. Eine Geliebte, die im Schatten der Mauer lebte. Bis zu jenem Abend merkte es keiner.

Gundula und ich, wir lebten zwölf Jahre wie im Paradies. Doch nachdem ich eine Wallfahrt nach Mekka gemacht hatte, musste ich mich meinen religiösen Verpflichtungen stellen und meine Geliebte verlassen. Sie heiratete einen anderen. Wir hatten aber eine gemeinsame Tochter: Aysun. Sie war auch aus meinem Fleisch und Blut. Ich habe versucht, ihr alles zu geben, bloß nicht eines: meinen Namen. Vielleicht war es das Wichtigste, was ich hätte tun müssen. Ich konnte aber nicht, denn ich fürchtete mich vor meiner Familie und meinen Glaubensbrüdern. Ich hatte Angst, meine Ehre zu verlieren.

Vielleicht erleide ich nun meine gerechte Strafe. Allah möge Gundula und ihren Mann beschützen. Wenn ich mit meiner Aysun immer noch guten Kontakt habe, muss ich es den beiden verdanken. Und dieser gutherzige Mensch hat sogar meiner Tochter seinen Namen gegeben.

Ein Arzt kommt ins Zimmer, wirft einen Blick auf das Krankenblatt, das über meinem Bett hängt, schenkt mir ein hoffnungsloses Lächeln und geht wieder weg, mit hängenden Schultern. Ich merke, dass er keine Hoffnung auf meine Heilung hat. Es liegt alles in Allahs Hand.

Jetzt bin ich allein. Meine zwei Töchter sind schon lange weg. Sie flüsterten miteinander und gingen zu einem Konzert. Ihre Mutter ist mit dem Arzt mitgegangen, der eben hier war. Bestimmt möchte sie von ihm noch einmal bestätigt bekommen, wann sie mich vermutlich loswerden wird.

Aysun, meine Mauerrose, ist jeden Tag bei mir gewesen. Sie kommt immer, wenn alle anderen schon weg sind. Sie sitzt neben mir auf der Bettkante, legt ihre weichen Hände auf meine gelähmten, streichelt meine trüben Augen mit ihren traurigen Blicken wie ein sommerlicher Landwind und erzählt mir, was sie an diesem Tag gemacht hat. Ich bin sicher, dass sie sich schuldig fühlt. Ich kann aber leider nur ihr Gesicht erkennen, ohne ein Trostwort sagen zu können.

Heute ist mein Glückstag. Gestern habe ich von Aysun erfahren, dass ihre Mutter heute aus dem Urlaub zurückkommt und mich besuchen möchte. Gundula ist meine letzte Hoffnung, und ich bin froh darüber, ihr meinen einzigen Wunsch erzählen zu können. Wortlos. Damals,

als ich noch kein Wort Deutsch sprach, konnte ich ihr all meine Wünsche mit meinen Augen vermitteln. Sie wird mich bestimmt verstehen wie damals. Sie soll mit allen Rechtsmitteln versuchen, auch unsere Aysun an meinem Erbe teilhaben zu lassen.

Ach Aysun! Mein liebes, unschuldiges Kind. Woher solltest du wissen, dass ich so schwache Nerven hatte und so aufgeregt war, solche Angst nicht mehr ertragen konnte. Du warst vor Freude aufgeregt, dein Herz war voller Liebe, und du hattest nur die Absicht, so schnell wie möglich deinen Vater wiederzusehen und deine Geschwister endlich umarmen zu können.

Als ich an diesem Abend vor dem Fernseher saß, ahnte ich schon, was mit mir passieren würde. Es waren Menschenmengen zu sehen. Sie strömten nach Westen wie ein reißender Fluss. Ob sie sich kannten oder nicht, spielte keine Rolle: Sie umarmten sich, küssten sich, tranken Champagner, verteilten Friedensblumen. Ich wusste, dass Aysun auch mit diesen fröhlichen Menschen zusammen war. Als hätte ich ihr blühendes Gesicht gesehen, ihre vor Freude weinende Stimme gehört: »Vater, ich komme endlich zu euch!«

Zuerst war da große Freude in meinem Herzen, dann Aufregung und schließlich fürchterliche Angst. Angst, bloßgestellt zu werden. Angst, zum Gespött der Leute zu werden. Ich wusste nicht, wie ich mich benehmen sollte. Ich stand dauernd auf, ging hin und her, setzte mich wieder hin; wie ein verrücktes Kalb wanderte ich in der Wohnung umher. Mein Körper fing an zu zittern wie bei einem Malariakranken und ich zündete mir eine Zigarette nach der anderen an. Ich hatte mir viele verrückte Gedanken gemacht, wie zum Beispiel: auf die Toilette oder in die Moschee gehen, um mich zu verstecken. Aber ich hatte nicht daran gedacht, mit einem Vorwand herauszugehen, auf sie zu warten, irgendwohin mitzugehen, um ihr alles zu erzählen. Mein bitteres Verhängnis hat mich gefesselt und ließ mich sitzen. Wie ein Opfertier wartete ich auf meine Schlachtung, bis es an der Wohnungstür klingelte.

Meine älteste Tochter ging hin.

Ich hörte den Namen: »Aysun.«

Ich erinnere mich, wie fassungslos und hilflos ich aufgestanden bin und dann die beiden nebeneinander stehen sah. Die eine mit staunenden Augen, ihre Hände verschränkt, erstarrt wie eine Statue aus Eis. Und die andere, Aysun, strahlend wie eine fröhliche Blume. »Papa, die Mauer ist gefallen!«

Plötzlich spürte ich in meinem Herzen einen Spieß, und mein Gehirn fühlte sich an, als sei es in einen Schraubstock gesteckt worden. Es sauste in meinen Ohren und mir wurde schwindelig. Die Knie wankten, und ich konnte nicht mehr atmen. Und ich weiß immer noch nicht, ob ich Aysun umarmen konnte. Ich machte meine Augen hier in diesem Bett auf, in diesem Zimmer. Und nun warte ich auf Aysun und Gundula …

Mahmuts Ehre

Sie sind kein Fremder, Herr Dolmetscher, ich habe Vertrauen zu Ihnen. Ja, ich habe ihn geschlagen. Wenn er nicht davongerannt wäre, hätte ich ihn bestimmt erwürgt. Aber glauben Sie mir, dieser ungezogene Kerl hat es verdient.«

Mahmut war auf dem Polizeirevier und sprach mit dem Übersetzer, den die Polizei bestellt hatte. Zwei Stunden lang war er hinter Gittern geblieben und hatte versucht zu erklären, wie es passiert war. Keiner konnte ihn verstehen, keiner wollte ihm lange zuhören. Wenn er mit einzelnen Worten, Händen und Armen darüber erzählte, lachten alle. Er fühlte sich hilflos wie eine Maus in der Falle und bekam fürchterliche Angst, bestraft und danach ausgewiesen zu werden. Als er den Dolmetscher ansah und von ihm die türkische Begrüßung »Merhaba« hörte, lächelte er wie ein Kind, das seine verlorene Mutter wiedergefunden hatte.

Der Übersetzer war Ende vierzig, kräftig und hatte spärliches graues Haar. Im Gesicht trug er einen Kinnbart und eine runde kleine Brille. Jetzt nahm er die Brille ab, putzte sie mit einem Tuch, rieb sich die Augen, setzte sie wieder auf und fragte Mahmut prüfend: »Und nun sagen Sie, warum haben Sie ihn geschlagen? Was hat er gemacht?«

Mahmut nickte und zuckte mit den Achseln. Er genierte sich, alle Einzelheiten zu erzählen, und wusste nicht, womit er anfangen und welche Worte er wählen sollte. Er zwirbelte seinen langen schwarzen Schnurrbart, hob den Kopf, knöpfte das Hemd auf und zeigte seine haarige Brust.

»Schauen Sie mich an, Herr Dolmetscher! Habe ich Ähnlichkeit mit einem Strichjungen?«

»Ich verstehe nicht, was Sie damit meinen. Was hat er gesagt?«

»Gesagt? Er hat mich für einen Strichjungen gehalten, Herr Dolmetscher!«

»Aber wie denn?«

»Ja, wie? Wenn ich ihm die Ohrfeige nicht gegeben hätte, wäre ich vergewaltigt worden.«

»Nein, kaum zu glauben! Ein Arzt, und so was?«

»Sie glauben mir auch nicht? Ich schwöre bei Allah!«

»Nein, nein. Ich glaube Ihnen. Aber es könnte auch ein Irrtum gewesen sein. Sie beherrschen ja die deutsche Sprache nicht so gut, da kann es schon sein, dass Sie ihn falsch verstanden haben. Ich kann mir gar nicht vorstellen, dass ein Arzt in seiner Praxis so etwas tun würde.«

»Nein. Das heißt ja. Ich kann gar kein Deutsch. Aber …«

»Sehen Sie?«, sagte der Dolmetscher und unterbrach ihn. Er wandte sich zu einem der Polizisten, die rechts und links von ihm saßen, und übersetzte. Der Polizist schrieb auf seiner Schreibmaschine ins Protokoll, was ihm übersetzt wurde.

»Was haben Sie ihm gesagt?«, wollte Mahmut vom Dolmetscher wissen.

»Ich habe gesagt, dass Sie den Arzt falsch verstanden hätten.«

»Nein!«, widersprach Mahmut barsch. »Sie haben mich falsch verstanden, Herr Dolmetscher! Ob ich Deutsch kann oder nicht, spielt keine Rolle! Entschuldigen Sie bitte, ich schäme mich, es zu sagen. Er hat seinen Finger in meinen Arsch gesteckt! Ja! Ich bin ja nicht verrückt! Reicht das nicht, um zu zeigen, was er für eine Absicht hatte?«

»Was?«

»Genau so ist es gewesen! Wenn ich mich nicht gewehrt hätte, wäre ich …«

»Das kann doch nicht wahr sein!«, sagte der Dolmetscher erstaunt. »Na dann, fangen Sie von vorne an!« Er wartete ungeduldig ab, um etwas Eindeutiges von ihm zu erfahren.

Mahmut seufzte, atmete tief durch und freute sich, endlich den Übersetzer überzeugt zu haben.

»Herr Dolmetscher, in meinem Leben bin ich ein paar Mal, höchstens zwei- oder dreimal, beim Arzt gewesen. Im Militärdienst und noch einmal in Istanbul, um hierherzukommen. Ich wurde dort von den Deutschen wie beim Viehkauf von den Zähnen bis zum Po untersucht. Aber ich danke Allah, dass keiner so etwas zuvor mit mir gemacht hat wie dieses Schwein! Er ist bestimmt ein Päderast.«

»Er muss ein Verrückter sein! Erzählen Sie mir, wie er es gemacht hat?«

»Ja, ja. Ich komme gleich dazu«, murmelte Mahmut und erzählte weiter: »Ich arbeite in einer Metallfabrik, wo wir auch einen Dolmetscher haben, Ali Bey. Er ist ein angenehmer Mensch. Er behandelt uns wie seine Freunde. Neulich kam er ins Heim, wir tranken Tee und unterhielten uns. Ich hatte ein Schreiben von der Krankenkasse bekommen, das er mir vorgelesen und dann übersetzt hat. Sie wollten mir Geld überweisen als Geschenk, weil ich nie bei einem Doktor gewesen war und keinen Krankenschein gebraucht hatte. Ali Bey wählte einen Schein aus und sagte zu mir: »Mahmut, auch wenn du nie krank warst, nimm den Schein da und gehe mal zum Doktor, lass dich untersuchen.«

»Was erzählt er da?«, fragte einer der Polizisten den Dolmetscher.

»Warten Sie bitte noch einen Moment! Ich habe noch nicht mitbekommen, wie es passiert ist«, antwortete er achselzuckend und fragte Mahmut noch einmal: »Was Sie bisher erzählt haben, ist unwichtig. Sagen Sie mir, wie es geschah.«

»Ja, gleich«, erwiderte er und fuhr fort: »Ja, heute bin ich dann zum Arzt gegangen. Ich hätte das nicht tun sollen, sondern mir ein Bein brechen sollen, um nur nicht dorthin gehen zu können. Na ja, Reue nach der Tat kommt zu spät. Eine Schwester nahm mir Blut und Urin ab und sagte: ›Gut.‹ Dann rief mich der Doktor auf und ich ging ins Zimmer. Er hat meinen Blutdruck gemessen, mein Herz und die Lunge abgehört. Und er sagte ebenfalls ›gut‹. Ich sollte mich hinlegen. Er schmierte etwas Öl oder Creme auf meinen Bauch und nahm ein Ding wie ein Bügeleisen und wanderte damit auf meinem öligen Bauch. Er blickte auf die Scheibe eines Apparates und sagte wieder: ›Gut, gut!‹ Mit der Hand deutete er an, dass ich mich umdrehen sollte. Ich tat dies und lag auf dem Bauch. Dann passierte es ...«, sagte Mahmut, holte tief Luft und schwieg.

Der Übersetzer spielte mit seinem Spitzbart, hörte ihm zu und merkte, dass Mahmut es schwerfiel, das

Geschehene offen zu erzählen. Er wollte ihn ermutigen: »Sie brauchen sich nicht zu schämen, wir reden ja unter Männern. Die Polizisten können uns nicht verstehen. Erzählen Sie ruhig weiter.«

Mahmut beugte sich jedoch ein wenig zu ihm vor und erzählte leise, als wollte er nicht, dass die Polizisten es hörten: »Ja, er fasste meine Beine an, schob mich nach vorne und ließ mich niederknien. Er drückte mit seiner linken Hand auf meine Taille und brachte meinen Arsch hoch. Ich stand ganz verdattert da und schämte mich. Ich hätte nicht gedacht, dass er so etwas machen würde, sondern glaubte, dass er bei mir Hämorrhoiden suchte. Dann plötzlich fühlte ich seinen Finger in mir … in meinem Hintern.«

»Ich verstehe schon«, sagte der Dolmetscher lachend.

»Bitte lachen Sie nicht, Herr Dolmetscher! Wenn ich das jetzt erzähle, schäme ich mich immer noch in Grund und Boden. So etwas habe ich noch nie in meinem Leben erlebt. Er war so groß wie ein Kamel und sein Finger so dick wie ein Nudelholz. Ich wurde furchtbar wütend, richtete mich auf und gab ihm eine schallende Ohrfeige. Er rannte fort. Als ich mich angezogen hatte und die Tür öffnen wollte, war sie verschlossen. Ich konnte nicht raus. Ein paar Minuten später kamen ein paar riesenhafte Kerle von der Polizei. Vier Stück an der Zahl. Sie haben mich festgenommen und hierher gebracht. Und jetzt wollen sie mir nicht glauben. Ich lüge nicht, Herr Dolmetscher. Ich schwöre es. Er hat mit meiner Ehre gespielt und ich habe ihn geschlagen! Habe ich nicht Recht?«

»Nein, leider nicht«, sagte der Dolmetscher und schüttelte seinen Kopf theatralisch. »Sie haben einen großen Fehler gemacht, Mahmut Efendi.«

»Wieso? Er wollte mich vergewaltigen! Ich bin doch kein Lustknabe, Herr Dolmetscher! Sollte ich ihm erlauben, was er mir antun wollte? Ich habe meine Ehre verteidigt!«

»Nein, Irrtum.«

»Woher können Sie das wissen? Ich hab es erlebt, nicht Sie!«

»Doch, ich weiß es. Weil ich auch so etwas erlebt habe.«

»Was? War es derselbe Kerl?«

Der Dolmetscher hob seine Hand und schnitt ihm das Wort ab. Er wendete sich den Polizisten zu und sagte mit schmunzelndem Gesicht: »Entschuldigen Sie bitte, wir sind fast fertig. Ich werde gleich alles zusammenfassen.« Mit ernsthaftem Gesicht sprach er wieder Mahmut an: »Hören Sie mir gut zu, Mahmut Efendi. Ja, ich habe auch das Gleiche erlebt, aber nicht beim gleichen Arzt. Sie haben einen großen Fehler gemacht, weil der Arzt keine Absicht hatte, sie zu vergewaltigen. Es handelt sich dabei um eine Untersuchung, die Ihre Prostata kontrolliert. Ali Bey, euer Dolmetscher, muss ein junger Mann gewesen sein, der nichts davon wusste, was Sie bei einer solchen Untersuchung erleben werden. Aber in meinem und in Ihrem Alter müssen wir annehmen, dass es für unsere Gesundheit nötig ist.«

»Was für eine Kontrolle?«, fragte Mahmut verwirrt.

»Prostata.«

»Was ist denn das?«

»Eine Drüse, die sich unter der Harnblase befindet,

groß wie eine Kastanie. Wenn sie größer wird, kann das gefährlich werden. Zum Beispiel kann man dann nicht richtig urinieren. Später könnte das auch Krebs verursachen. Also kurz gesagt: Das war kein Versuch, sie zu vergewaltigen, sondern eine ganz normale Vorsorgeuntersuchung. Verstehen Sie mich?«

Verblüfft und mit schamhaftem Gesicht schaute Mahmut den Dolmetscher an, während er halblaut vor sich hin murmelte: »Ja und nein, Herr Dolmetscher. Ich habe in meinem ganzen Leben noch nichts davon gehört. Aber ja, ich glaube Ihnen. Ich verstehe allerdings nicht, warum hat er mich nicht von vorne, sondern von hinten kontrollieren wollen. Urinieren kann man doch nur vorne.«

»Na ja, das ist etwas kompliziert. Ich bin kein Arzt, aber Sie haben es bereits erlebt und gelernt, Sie werden sich daran gewöhnen. Wichtig ist, dass ich Ihren Irrtum den Polizisten erklären und danach den Arzt anrufen muss. Ich werde versuchen, ihn zu überzeugen, dass er seine Anzeige zurückzieht. Sonst werden Sie bestraft, Mahmut Efendi. Verstehen Sie?«

»Ja«, antwortete Mahmut kopfschüttelnd. »Allah schenke Ihnen ein langes Leben, Herr Dolmetscher! Allah erhalte Sie Ihren Kindern! Solange ich lebe, werde ich für Sie beten! Bitte helfen und befreien Sie mich von hier! Aber zu einem Doktor gehe ich nie wieder.«

Während der Dolmetscher seine Aussage übersetzte, war Mahmut außer sich. Er konnte nicht glauben, dass ein Mann sich so etwas antun lässt. Egal, ob von einem Doktorfinger oder von sonst wem. Diese Stadtmenschen, ob Deutsche oder Türken, er hatte sie noch nie verstehen können.

Und er würde nie wieder zu einem Arzt gehen.

O weh, Deutschland

Hacer merkte ihre Müdigkeit erst, als sie wieder nachhause kam und sich hinlegte. Ihr ganzer Körper schmerzte und vor Hunger fehlte ihr die Kraft. Sie war bei einer Konfektionsfirma beschäftigt und hatte heute mit einem neuen Mantelmodell angefangen. Obwohl sie zum Erreichen ihrer Akkordzahl darauf verzichtete, auf die Toilette zu gehen und eine Zigarette zu rauchen, schaffte sie es dennoch nicht; und das ärgerte sie sehr.

Nun saß sie erschöpft in der Küche und schaute sich um. Es war kein Kochtopf auf dem Herd zu sehen, woraus sie schloss, dass ihr Mann den ganzen Tag im Kaffeehaus gewesen sein musste und nicht einmal vorbeigekommen war. Trotz schmerzender Taille richtete sie sich auf, bereitete eine Schüssel gemischten Salat zu und kochte Spaghetti. Als sie den Tisch deckte und essen wollte, hatte sie vor Wut keinen Hunger mehr. Sie warf die Gabel weg, ließ alles stehen und liegen und ging ins Wohnzimmer. Dort schaltete sie den Fernseher an, legte sich auf die Couch und fing an, lautlos zu weinen.

Durch ihre verquollenen Augen sah sie eine Sendung über Zugvögel, die, als es Zeit wurde, wieder dahin flogen, wo es warm war und wo sie sich wohlfühlten. Hacer wunderte sich, wie sie sich wohlweislich aneinander hielten. Augenblicklich spürte sie eine Art Neid, weil sie und ihr Mann nicht so klug und geschickt waren wie diese Tiere. Sie war nach Deutschland gekommen, hatte ihren Mann nachgeholt, um ein paar Jahre zu arbeiten. Ihr Traum war es, nachdem sie etwas Geld gespart hätten, wieder in die Heimat zurückzukehren – nicht viel, nur um ein Dach über dem Kopf zu haben. Es hatte aber nicht geklappt. Mit der Zeit machten sich Enttäuschung und Hoffnungslosigkeit breit. Alle ihre Träume waren erloschen wie die Kerzen, ihre Zukunft blieb hinter dem Mond. Immer noch stiegen Tränen auf.

Als sie an der Wohnungstür ein Geräusch hörte, wischte sie ihre Augen ab und blieb liegen. Sie wusste, dass ihr Mann kam.

Er machte die Zimmertür auf, schaltete das Licht ein und fragte leise: »Warum bist du im Dunkeln?«

Sie blinzelte mit den Augen dem verschneiten Bildschirm zu, der an eine kleine Zimmerantenne angeschlossen war, gab keine Antwort, als hätte sie ihn nicht gehört.

»Hast du gegessen?«

»Ja«, brummte sie schläfrig.

Er merkte, dass Hacer beleidigt und verärgert war. Nachdenklich ging er in die Küche und öffnete den Deckel des Kochtopfs. Das Essen war kalt, sein großer Hunger ließ ihm aber keine Zeit, es wieder aufzuwärmen. Er holte Gabel und Teller aus dem Geschirrschrank, nahm sich eine Portion und blickte stumm auf den gedeckten Tisch. Ein voller und ein leerer Teller, der Salat und die Gläser standen schon da. Als hätte er eine Ohrfeige bekommen, schämte er sich plötzlich. Was er in der Hand hatte, schleuderte er weg und schlug sich mit der Faust gegen die Stirn.

»Du Esel, du!«, murmelte er und begriff, dass Hacer nichts gegessen und lange Zeit auf ihn gewartet hatte. Abrupt stand er auf und kehrte wieder ins Wohnzimmer zurück. »Bitte verzeih mir!«, sagte er halblaut, als er sich vor sie hingekauert hatte, und versuchte, ihre Haare zu streicheln.

Hacer zog den Kopf zur Seite, schlug seine Hand mit ihrem Ellenbogen weg und stand wütend auf. »Die wievielte Verzeihung ist das, Bekir? Ha, sag mir, die wievielte? Jeden Tag das Gleiche!«

Bekir stürzte sich auf den freigewordenen Platz und nahm seinen Kopf in beide Hände.

Hacer stellte sich vor ihn hin und sagte schluchzend: »Ich hab die Nase voll, Bekir! Hast du kein Gewissen und kein Mitleid mit mir? Ich arbeite wie ein Esel, und dann noch der Haushalt!«

»Entschuldigung.«

»Du warst wieder am Glücksspieltisch, nicht wahr?«, fragte sie hastig.

Bekir schwieg nachdenklich. Obwohl er selbst wusste, dass er Fehler machte und wegen des Glücksspiels seine Frau vernachlässigte, konnte er sich davon nicht losreißen. Er hatte auch die Nase voll, zuhause zu sitzen, sich in Parkanlagen oder auf Bahnhöfen herumzutreiben. Seinen Kummer konnte er nur am Spieltisch vergessen.

»Du bist ja nicht der Einzige, Bekir, es gibt hier hunderte von Menschen wie dich. Aber sie beschäftigen sich nicht mit Glücksspielen! Sieh dir Neclas Mann an! Er steht mitten in der Nacht auf und verteilt Zeitungen! Und jeden Abend geht er zum Putzen!«

»Du hast Recht, ich bin nicht so geschickt wie dieser Kerl«, knurrte Bekir, dem es zutiefst gegen den Strich ging, mit diesem Mann verglichen zu werden. Wenn er nur seinen Namen hörte, wurde er schon eifersüchtig;

und er hätte schreien können: »Na los, geh doch, such dir so einen Mann!« Er hielt aber den Mund und schluckte es runter.

Hacer fuhr mit näselnder Stimme fort: »Bekir, ich verlange von dir doch nicht das, was andere machen. Trotzdem kannst du in einem Topf Wasser kochen und Spagetti machen! Darauf könnte ich sogar verzichten, wenn du wenigstens abends zuhause sein könntest. Ich weiß nämlich nicht, ob ich noch einen Mann habe. Manchmal höre ich nicht einmal, wann du nachhause kommst.«

»Du hast Recht.«

»Du sagst immer das Gleiche, Bekir, ohne dass sich freilich etwas ändert.« Sie sank wieder auf die andere Seite der Couch. Innerlich garte sie wie ein Kochtopf und der ganze Druck machte sich mit einem Mal Luft: »Überleg doch mal, Bekir, ich arbeite seit drei Jahren! Was haben wir davon? Nichts! Alle anderen Leute haben ein Haus gekauft, sie machen jedes Jahr Urlaub! Alle haben Waschmaschinen, Autos, und, und, und! Wir aber besitzen nicht einmal ein Telefon zuhause! An jedem Wochenende gehen die Leute Arm in Arm spazieren! Was machen wir? Du sitzt am Spieltisch, während ich deine schmutzige Wäsche wasche! Ist das gerecht, Bekir?«

»Du hast Recht«, murmelte er erneut, schüttelte seinen hängenden Kopf und seufzte. Er wusste nicht mehr, was er noch hätte sagen können. Jedes Mal, wenn sie anfingen zu streiten, kam er auf die Idee, den Kopf gegen die Wand zu stoßen oder zum Fenster zu gehen und runterzuspringen, um sich von dieser Spielsucht zu befreien. Dabei spielte er stets mit dem Geld seiner Frau, hatte sogar ein paar Mal ihre Sparbüchse ausgeleert und mit Pfennigen ersetzt; ganz zu schweigen davon, dass er seinen eigenen Ritterring verkauft und ihr gesagt hatte, er habe ihn verloren. Und Schulden machte er auch.

»Guck dir die Couch, die Stühle, den Tisch an! Alles Schrott, alles!«

Ohne es zu wollen, richtete Bekir seine Augen auf die Couch und sah sie mit traurigen Blicken an. Was sie sagte, stimmte Wort für Wort. Ja, nicht nur das, alles, was sie zuhause besaßen, war entweder von den Nachbarn weggeworfen worden oder vom Trödler erworben. Ganz beschämt schlug er seine Augen nieder und schwieg.

»Habe ich Unrecht, Bekir? Liegt nicht alles an deiner Spielsucht? Glaub mir, ich habe keine Kraft und keine Lebenslust mehr. Schon als kleines Mädchen habe ich angefangen zu arbeiten. Was ich verdiente, nahm mir mein Vater weg. Er hat mit meinem Geld gespielt, getrunken und sogar ...«

Bekir schnitt ihr das Wort ab und sagte mit wildem spöttischem Blick: »Ja, du hast wieder Recht, Hacer! Ich mache Versprechungen, aber halte mein Wort nicht. Ich bin ein Trottel, ein Parasit, der von dem Geld einer Frau lebt.« Er stand auf, schlug mit der Faust gegen die Wand. Obwohl er ihr Recht geben musste, fand er es ungerecht, jeden Tag das Gleiche zu hören.

»Nein, Bekir«, sagte Hacer mit tränenden Augen. »Das habe ich nicht gemeint.« Sie bekam plötzlich Mitleid und bereute das Gesagte bereits. Sie hatte auch gar nicht die Absicht gehabt, ihn zu beleidigen, sie wollte nur ihr Herz ausschütten.

»Ich weiß, was du meinst, Hacer. Alles ist eindeutig. Als wir uns kennen lernten, hast du mir selber gesagt, dass dein Vater ein Parasit sei. Und jetzt vergleichst du mich mit ihm.«

»Es tut mir leid, ich habe mir nichts weiter dabei gedacht.«

Bekir wusste sofort, wie er sich verteidigen sollte. »Was du sagen wolltest, habe ich verstanden, Hacer!« Er schüttelte den Kopf, suchte nach seiner Zigarettenschachtel und erinnerte sich sogleich, dass er seine letzte Zigarette unterwegs angezündet hatte. Vor Verlassen des Spieltischs hatte er sein ganzes Geld dem Kaffeehausbetreiber gegeben, zudem noch hundert Mark Schulden gemacht und vergessen, Zigaretten zu kaufen. Daher nahm er eine aus Hacers Packung, die auf dem Tisch lag.

»Du wirst jeden Tag grausamer, Hacer. Du hast alles vergessen, was du mir versprochen hast.«

Hacer schaute ihn erstaunt an. »Ich? Nein, ich habe alles getan, was ich dir versprochen hab. Nachdem ich diese Wohnung gefunden hatte, habe ich dich gleich nachkommen lassen. Weißt du, wie schwer es war, diese Wohnung, die eng wie ein Hundeloch ist, zu finden? Und ich arbeite weiter wie ein Hund. Was erwartest du noch von mir? Ganz im Gegenteil, du scheinst vergessen zu haben, was wir untereinander besprochen haben. Du hast dich geändert und bist ein Spieler geworden. Als ich noch hier alleine lebte, besaß ich zweitausend Mark Ersparnisse. Damit hast du auch gespielt und das Geld verloren.«

»Ja, ja, ja!«, murmelte er gehässig. »Was ich bisher noch nicht zu hören bekommen habe, höre ich nun alles.

Ich verstehe schon, Hacer. Du bereust es, mich nach Deutschland geholt zu haben. « Als hätte er sich mit der Kippe rächen wollen, zerdrückte er sie im Aschenbecher und zündete gleich eine weitere an. Zornig ging er ans Fenster und schaute mit vor Wut funkelnden Augen nach draußen, ohne etwas zu sehen.

Hacer betrachtete ihn von hinten. Bekir war nicht sonderlich groß und schlank, aber mit seinen breiten Schultern und einer kräftigen Gestalt sah er wie ein Ringer aus. Die welligen Haare standen ihm gut. Obwohl sie sich über sein Verhalten ärgerte und ihm derart harte Worte sagen musste, liebte sie ihn von ganzem Herzen. Sie hatte ihn damals auf dem Weg zur Fabrik kennen gelernt und ihr war sofort bewusst gewesen, dass sie sich die Hochzeitsfeier nicht leisten konnten. Kurz nach der Eheschließung hatten sie ihr Glück hier in Deutschland gesucht.

Plötzlich verspürte Hacer den Wunsch, zu ihm zu gehen, ihn zu umarmen und zu sagen: »Ich weiß, Bekir, dass es sehr schwer für dich sein muss, von meinem Geld zu leben. Necla hat mir versprochen, wo ihr Mann arbeitet, auch für dich eine Stelle zu besorgen. Du kannst dir wenigstens etwas Taschengeld verdienen.« Sie stand auf und lächelte. »Bekir …«

Zur gleichen Zeit drehte Bekir sich um und brüllte: »Hör mir zu, Hacer, wenn du mit deinen bissigen Bemerkungen weitermachst und mich so unverschämt wie einen Hund behandelst, werde ich dir deine Zunge abschneiden! Vergiss nicht, dass ich dein Mann bin und du meine Frau! Hast du verstanden?«

Hast du verstanden? Diese Frage hatte immer ihr Vater

gestellt. Wenn er zu spät nachhause kam und merkte, dass seine Frau ihn schief ansah, gab er ihr jedes Mal einen Fußtritt und sagte: »Warum hast du denn so einen dummen Blick wie eine Kuh, die einen Zug gesehen hat? Ich bin ein Mann und du bist ein Weib! Ich kann nicht den ganzen Tag an deinem Rockzipfel hängen und deine Laune ertragen! Schnell, bring mir das Essen, sonst erlebst du was! Hast du verstanden?«

Hacer vergaß mit einem Mal alles, was sie ihm freudig sagen wollte. Und unversehens stand sie nicht vor Bekir, sondern vor ihrem Vater. »Ja«, sagte sie gehässig. »Ich bin zwar deine Frau, aber nicht deine Sklavin! Ich bin nicht wie meine Mutter und werde es auch nicht sein! Hast du das auch verstanden?«

»Siehst du? Du vergleichst mich wieder mit deinem Vater? Ich kann meinen eigenen Ohren nicht trauen! Du hast dich sehr verändert, Hacer, sehr! Du scheinst sogar vergessen zu haben, wie eine muslimische Frau mit ihrem Mann reden sollte!«

»Wie denn, Bekir? Wenn du etwas falsch machst, sollte ich bravo sagen und dir applaudieren? Du hast immer gesagt, dass Frauen nicht weniger wert als Männer sind? Wo bleiben deine Worte?«

»Ich hab aber nicht gesagt, dass wir unsere Sitten und Gebräuche vergessen sollen! Seitdem wir hier sind, an welchen religiösen Feiertagen hast du meine Hand geküsst? Sind solche Sachen nicht Teil unserer Sitten?«

»Bekir, du weißt selber, dass dies alles Unsinn ist. Du sagtest immer, dass wir nicht wie unsere Eltern sind. Sag mir, stimmt das oder nicht? Meine Mutter hat die Hand meines Vaters an allen religiösen Feiertagen geküsst, aber ich tue das nicht! Fällt dir gerade noch so ein Unsinn ein?«

Was Bekir gesagt hatte, glaubte er selbst nicht, doch nun konnte er nicht mehr zurück. »Ja, gerade jetzt«, betonte er. »Welche anständige muslimische Frau macht ihren eigenen Mann jeden Tag nach allen Regeln der Kunst so schlecht? Hä? Du gibst mir Geld wie einem Bettler und dann reibst du mir das unter die Nase? Du verletzt meine männliche Ehre, Hacer! Ich warne dich! Du wirst bestimmt auch gehört haben, dass eine muslimische Frau nur mit der Erlaubnis ihres Ehemannes ins Paradies darf?«

»Was? Du machst dich lächerlich!«

»Das gefällt dir wohl gar nicht, nicht wahr? Ich habe es mit meinen eigenen Ohren von einem Hodscha gehört! Du darfst nur mit meiner Erlaubnis ins Paradies gehen!«

»Ja, das gefällt dir wohl sehr. Ich glaube an so etwas nicht, der Hodscha muss wie du gewesen sein. Ich weiß nur, dass alle toten Muslime, nachdem sie ihre gerechte Strafe verbüßt haben, ins Paradies gehen.«

»Nein, die Frauen nicht. Das hängt vom Willen ihrer Männer ab.«

»Oh, wie schön für dich«, sagte Hacer sarkastisch. »Aber mein großer Allah vermag gar nicht so ungerecht zu sein wie ihr Männer. Ich kann mir nicht vorstellen, dass jemand wie meine Mutter zum Beispiel, ein guter frommer Mensch, mit Erlaubnis meines Vaters, mit Erlaubnis eines Ungeheuers, ins Paradies gehen soll! Das ist eine Lüge von euch Männern!«

»Wenn du nicht dran glaubst, dann bist du eine Ungläubige.«

»Bekir, glaubst du wirklich solch einen Unsinn?«

»Ja, ich glaube daran.«

»Erstaunlich! Hast du den Verstand verloren? Wer wann sterben wird, weiß nur Allah! Überleg dir nur, ich sterbe Jahre vor dir, habe meine Strafe gebüßt und das Paradies verdient. Wo sollte ich warten, bis du kommst und deine Erlaubnis erteilst? Ha, sag mir, wo? In der Hölle etwa?«

Bekir überlegte zuerst regungslos, dann hob er den Kopf und sah seine Frau mit blutunterlaufenen Augen an. »Das reicht mir aber, Hacer! Du bist eine Sünderin, willst du mich auch sündig machen? Du unmoralische, ehrlose Frau!«

»Schämst du dich nicht, so etwas zu sagen?«

»Und du? Hast du vergessen, was du eben zu mir gesagt hast? Ich sei ein unehrlicher, unbrauchbarer Mann! Und ich könne nicht wie die anderen Männer sein! Na los, geh doch und such dir solche Männer!«

Hacer sah ihn mit weit aufgerissenen Augen an, während ihr Mund ganz trocken wurde. Sie wollte ihren Ohren nicht trauen, weil sie von ihm solche Äußerungen noch nie gehört hatte. Als hätte sie ihre Zunge verschluckt, versuchte sie vergebens, ein paar Worte der Entgegnung zu finden.

»Puh!«, machte sie auf einmal und warf sich schluchzend auf die Couch.

Bekir zeigte sich sehr beleidigt. Er ging mit fieberglänzenden Augen zu Hacer und packte sie am Kragen. »Du spuckst mir ins Gesicht, ha? Sag doch mal, dass ich so ein Mann bin, der seine Frau anderen anbietet?« Er warf sie wieder auf die Couch und schrie wie am Spieß: »O weh, Deutschland, o weh! Sei stolz darauf, was du aus meiner Frau gemacht hast!«

Hacer richtete sich auf, schaute ihn mit verachtenden Blicken an. Ihr wurde schwarz vor Augen und schwindlig. Und plötzlich brach sie in ein Geschrei aus: »Willst du damit sagen, dass Deutschland aus mir eine Hure gemacht hat? Ha? Wenn du das meinst, musst du dich scheiden lassen! Los, wenn du kein gehörnter Ehegatte sein willst, verstoße mich und sprich deine Scheidung aus!« Ihr ganzer Körper zitterte, die Tränen liefen unaufhörlich. Auf der Suche nach Zigaretten berührte sie den Aschenbecher. Ohne eine Sekunde zu überlegen, griff sie danach und schleuderte ihn ihrem Mann entgegen. Der Aschenbecher knallte an die Wand und fiel zu Boden. Hacer rannte auf die Toilette, verriegelte das Schloss, lehnte sich mit dem Rücken an die Tür und weinte.

Wenig später hörte sie seine an die Tür knallenden Fußtritte und sein lautes Geschrei: »Du unverschämte Frau! Wenn du mich nicht mehr willst, will ich dich auch nicht! Gut, ich spreche meine Scheidung aus, und du kannst gehen, wohin du willst! Ja, ich verstoße dich!«

Der Türriegel konnte Bekirs Fußtritten nicht standhalten, er zerbrach und das Türblatt knallte an Hacers Kopf.

*

Bekir wartete auf Hacer und war so aufgeregt wie damals, als er zum ersten Mal mit ihr gesprochen hatte. Unfähig, stehen zu bleiben, ging er hin und her, warf dauernd Blicke erst auf die Uhr, dann auf das Tor, wo

Hacer herauskommen sollte. Eine Zigarette nach der anderen machte er mit der gerauchten an. Ihn durchfuhren unterschiedliche Gefühle. Scham, Angst und Freude waren miteinander vermischt. Er war glücklich, aber auch unglücklich. Er hoffte sehr, dass sie sich versöhnen könnten, hatte jedoch Angst, von Hacer abgewimmelt zu werden. Er wusste nicht, was er tun sollte. Wenn sie mit ihren Kolleginnen das Fabriktor verlassen und sagen würde: »Du hast dich doch scheiden lassen, was willst du noch von mir?« – was dann? Seine innere Stimme meinte aber, Hacer würde niemals vor Fremden so etwas tun, sondern sich bei ihm einhängen und mitkommen. Zuhause könnte er vor ihr niederknien, um Verzeihung bitten und ihr Herz wieder erobern. Er liebte sie und zweifelte nicht daran, dass es ihr ähnlich ging. Er konnte immer noch nicht verstehen, wie gestern Abend so etwas passieren konnte. Als er ihre blutende Nase gesehen hatte, hatte er ein Reuegefühl verspürt und versucht, sich zu entschuldigen und ihr zu helfen. Hacer hatte das aber nicht gewollt. Bekir war dann mit seinen Schuldgefühlen eine Weile in der Küche sitzen geblieben und danach ins Kaffeehaus zurückgegangen. Er hatte die ganze Nacht mit geliehenem Geld vom Betreiber gespielt und gewonnen und all seine Schulden zurückgezahlt, dreihundert Mark waren ihm sogar als Gewinn in der Tasche geblieben.

Als er am nächsten Morgen wieder zu sich gekommen war und nachgedacht hatte, war er in Panik geraten. Nachdem er vor Scham mit falschem Namen einen muslimischen Geistlichen angerufen und von ihm erfahren hatte, fühlte er sich wohler – weil er seine Scheidung nicht drei-, sondern nur einmal zum Ausdruck gebracht hatte.

Hacer kam mit Necla aus dem Hoftor. Sie warteten einen Moment auf eine Blondine, die sich ihnen noch anschloss, und diskutierten eine Weile. Er warf seine gerade angezündete Zigarette weg, glättete seine nassen Haare mit den Fingern und übte sich in Geduld. Bevor er hierhergekommen war, hatte er das Stadtbad besucht, weil sie zuhause weder Bad noch Dusche besaßen. Nun ordnete er seine Krawatte und Jacke. Plötzlich verlor er seinen Mut und dachte: Es wäre viel besser, wenn ich sofort nachhause rennen und dort auf sie warten würde. Das war aber zu spät, denn die drei kamen unaufhaltsam näher. Er konnte sich nicht mehr aus dem Staub machen, da war nichts zu machen. Nanu? Sie blieben wieder stehen, sahen Bekir an und diskutierten heftig weiter. Necla zeigte auf Bekir sogar mit ihrem Kinn und sagte etwas, das wie »… ach lass das, nicht ernst nehmen« klang. Die beiden Frauen klammerten sich an Hacers Hände, drehten sich um und gingen zurück.

Wie vor den Kopf gestoßen stand Bekir da, konnte nicht fassen, was gerade passiert war, obwohl er so etwas ja befürchtet hatte. Wenn sie allein zuhause gewesen wären, hätte er es vielleicht ertragen können. Doch eine solche Brüskierung, im Beisein dieser zwei fremden Frauen, konnte kein ehrenhafter Mann über sich ergehen lassen. Schuld dran war aber nur Necla, eine eigenwillige und selbstherrliche Frau. Sie hatte bestimmt einen Geliebten. Ihr Mann war ja sowieso ein Pantoffelheld, ein Gehörnter, der sie wie ein freies Kamel laufen ließ. Und Hacer? »Schlechte Gesellschaft verdirbt gute Sitten«, sagte man ja nicht umsonst. Warum hatte sie gestern Abend wie am Spieß geschrien: »Verstoße mich, verstoße mich!« Vielleicht … vielleicht … hatte sie auch einen …! O weh, Deutschland, o weh! Er hatte sich so lange am Busen einer Natter genährt, ohne es zu wissen.

In diesem Moment durchdrang ihn ein Zorn, dass er alles hätte zerstückeln, zerreißen und zertrümmern können. Um seiner Wut freien Lauf zu lassen, trat er heftig gegen Steine, die vor ihm auf dem Boden lagen. Die Leute, die an ihm vorbeigingen, blieben stehen, sahen ihn mit erstaunten Blicken an und machten ihm den Weg frei.

Bekir jedoch erkannte und hörte niemanden.

*

Nach Feierabend hatte Hacer eigentlich nachhause gewollt, aber Necla hatte sie in ein Kaufhaus mitgenommen. Es war eine gute Idee von ihr gewesen und für Hacer etwas Neues, um sich etwas zu erholen und ihren Kummer zu vergessen. Bevor sich Hacer von ihren Freundinnen trennte, hatte Necla ihr noch gesagt: »Hör mir zu, Hacer, die gleiche Situation habe ich auch erlebt, als mein Mann ohne Arbeit war. Zwar ging er nie ins Kaffeehaus, aber ich erinnere mich an keinen Tag, an dem wir keinen Streit gehabt hätten. Wenn ich aus Versehen von Geld redete, stritten wir schon. Warte ab, wenn dein Mann anfängt zu arbeiten, kommt alles wieder in Ordnung.«

Hacer fragte sich, warum Bekir ihre Freundin nicht mochte; obwohl sie ein paar Mal bei ihr eingeladen gewesen waren, hatte Bekir jedes Mal einen Vorwand gefunden und war nicht mitgegangen.

Als Hacer die Wohnungstür aufschloss, bemerkte sie sogleich, dass auf dem Tisch eine Vase mit drei Nelken stand. Sie atmete tief durch und zündete sich eine Zigarette an. Dann murmelte sie vor sich hin: »Wir haben uns beide sehr dumm benommen und gegenseitig angestachelt. Dies wird uns vielleicht eine Lehre sein, dass jeder auf den anderen mehr Wert legen sollte. Wie früher.« Ihre Gedanken wanderten zurück in die Türkei.

Sie arbeitete in einer kleinen Konfektionsfabrik und fuhr mit dem Bus zur Arbeit. An jenem Tag war der Bus wieder ganz voll, sie fand keinen Sitzplatz. Ein Mann, der hinter ihr stand, nutzte beim Anhalten und Abfahren jede Gelegenheit, um ihre Hüften zu berühren. Bevor sie sich umdrehen und ihm ins Gesicht spucken konnte, kam Bekir, packte ihn am Nacken und warf ihn an der nächsten Haltestelle raus. Als sie beide ausstiegen, bedankte sich Hacer bei ihm. So lernten sie sich kennen. Damals merkte Hacer schon, dass Bekir ein zurückhaltender Mensch war. Wenn sie ihn selbst nicht zum Bäcker eingeladen hätte, um einen Kaffee zu trinken, hätte Bekir der Mut gefehlt, es zu tun. Sie gingen auch auf ihren Wunsch ins Kino, wo sie ihn zum ersten Mal küsste.

In diesem Augenblick spürte sie das Feuer des damaligen Kusses in sich. Abrupt stand sie auf, kochte Wasser in einem Topf und brachte es auf die Toilette. Zuerst machte sie das Waschbecken sauber, verschloss das Abflussloch, goss das heiße Wasser rein und ließ es mit Shampoo schäumen. Im Spiegel schaute sie ihr Gesicht an und zog das Pflaster auf der Stirn ab. Zum Glück war keine Beule mehr zu sehen, sondern nur noch eine getrocknete Blutspur, die man später mit Puder verdecken könnte. Sie ging ins Zimmer zurück und holte saubere Wäsche. Sie wusch sich, trocknete sich ab und zog sich an. Sie schminkte und parfümierte sich. Nachdem sie ein Geräusch im Schlüsselloch vernommen hatte, lief sie in den Flur. Sie wollte selbst aufmachen. Gerade als sie die Hand ausstrecken wollte, ging die Tür auf. Zwei Fäuste schlugen ihr ins Gesicht. Sie wusste nicht, was mit ihr geschah, und ging zu Boden.

Bekir schlug unaufhörlich weiter. Ihr Gesicht war voll Blut.

Sie hörte nur seine Stimme: »Du Nutte, du hast meine Ehre bloßgestellt! Du kommst bis zu meiner Nase und dann läufst du weg! Warum hast du dich hübsch gemacht? Ha, warum? Hast du auf einen anderen gewartet? Ich werde euch beide töten!«

»Nein Bekir, nein! Warte, hör mir zu!«

Bekir schrie: »Hast mich wohl deswegen nur nach Deutschland gebracht, um mir Hörner aufzusetzen?« Er lallte, und Speichel floss aus seinem Mund.

Anarchisten gesucht

Das Gelände des Arbeitsamtes quoll über von Autos mit ausländischen Kennzeichen. Sie standen kreuz und quer, dass kein anderer Wagen durchkam. Keiner kam einen Schritt weiter, alle fingen an zu hupen. Wie brüllende Ochsen und wiehernde Pferde verursachten sie ein großes Echo an den Wänden der hässlichen Bürogebäude. Die Menschenmenge, die ihre Pässe und Papiere in den Händen hielt, war durchgeschwitzt von der schwülen Hitze von Adana, die alle meiden, die es können. Die sich schlängelnde Reihe der Wartenden zog sich bis zum Straßenrand hin. Ungeduldig und nervös. Viele, die sich noch nicht in die Reihe eingeordnet hatten, gingen hin und her, um ihre Pässe und Dokumente fotokopieren zu lassen. Obwohl sie in unterschiedlichen Ländern Europas arbeiteten und für den Urlaub in die Heimat kamen, gab man ihnen nur einen Namen: »Almancilar«, Deutschländer. Bevor sie wieder zurückfuhren, mussten sie eine neue Ausreisegenehmigung beantragen. Warum, wusste keiner. Von Mund zu Mund wanderten aber Gerüchte, dass die Militärjunta, die seit Monaten die Macht innehatte, unter den »Almancilar« Anarchisten suchte. Jeder schaute jeden schief an und verdächtigte ihn, ein Anarchist zu sein.

Als Kemal davon hörte, traute er seinen Ohren nicht. Wozu eine neue Genehmigung verlangen, wenn man in seinem Pass noch eine gültige für die Ausreise hatte? Und warum fand die Suche nach Anarchisten nicht an der Grenze, sondern in Arbeitsämtern statt? Er war gestern hierhergekommen, um sich ein genaues Bild zu machen, ob das stimmte. Er hatte aber niemanden gefunden, der ihn darüber hätte informieren können. Er wollte mit dem Direktor des Arbeitsamtes reden, aber er war nicht zu ihm vorgedrungen. Erst nach langem inständigem Bitten war er dann doch eingelassen worden und hatte seinen Pass gezeigt, um zu beweisen, dass er keine neue Genehmigung für die Arbeit im Ausland bräuchte.

Der Direktor aber hatte gesagt, ohne die Pässe sehen zu wollen: »Jeder muss eine neue haben, mein Herr, jeder! Wer im Ausland arbeiten will, muss eine neue Genehmigung beantragen, damit er dazu berechtigt ist.«

Heute kam er wieder, und zwar sehr früh, und wartete.

Bei einem fliegenden Händler kaufte er Börek und Ayran und stillte seinen Hunger und Durst. Um die Mittagszeit erreichte er endlich die Tür. Er war groß und kräftig gebaut und hatte lange, lockige Haare. Seine Freunde nannten ihn »Kemal, der Bär«. So schaute er in der Reihe jeden von oben an und konnte alles sehen, was in dem Zimmer der Sachbearbeiterin passierte. Jedoch merkte er nicht, dass er mit seinem Äußeren bei den Leuten, die hinter ihm standen, Unbehagen auslöste. Er hörte auch nicht, was sie untereinander flüsterten.

»Er sieht aus wie ein Anarchist. Alle Anarchisten sehen aus wie er! Alle sind so groß, wie Ungeheuer sehen sie aus …«

Die Sachbearbeiterin war eine kleine und mürrische Frau mit lockigen schwarzen Haaren. Sie nahm die Pässe und Papiere und kontrollierte sie mit großer Sorgfalt. Wenn sie alles in Ordnung fand, vergab sie eine Nummer und sagte: »Kommen Sie in einer Woche wieder.« Wenn etwas fehlte, schickte sie die betreffende Person nachhause. Wer versuchte, eine Bemerkung zu machen, wurde in seinem Wort rigoros beschnitten und bekam die gleiche Antwort: »Hinter Ihnen warten auch noch Leute.« Sogleich streckte sich ihre Hand zum nächsten Wartenden. Der eine ärgerte sich und musste gehen, aber der nächste freute sich, da er schneller drankam.

Bär Kemal beobachtete die Frau und machte sich große Sorgen. Er wusste nicht, was er machen sollte, wenn sie auch ihm solche Schwierigkeiten machen würde. Es war Freitag, der letzte Arbeitstag der Woche. Falls etwas dazwischenkommen sollte, musste er wieder von vorne anfangen.

Vor ihm standen nur noch eine Frau und ein Mann.

»Guten Tag, meine Tochter«, sagte die Frau, die älter aussah, als sie vermutlich war, und ein weißes Kopftuch trug. Sie gab lächelnd ihren Pass ab und wartete. Die Sachbearbeiterin nahm ihn entgegen, blätterte die Seiten um und fragte nach ihrer Arbeitserlaubnis. Die Frau besaß keine. Sie sagte, dass sie nie eine gehabt habe. Sie sei Hausfrau gewesen.

»Dann geben Sie mir die Arbeitserlaubnis Ihres Mannes.«

»Er ist nicht hier, meine Tochter.«

»Bringen Sie ihn her!«

»Er ist in Deutschland und arbeitet, er konnte nicht kommen.«

»Ohne die Arbeitserlaubnis Ihres Mannes bekommen Sie keine Ausreisegenehmigung.«

»Was?«, fragte sie enttäuscht. »Ich muss heute Abend

fliegen, meine Tochter! Morgen haben wir eine Hochzeitsfeier, mein Sohn heiratet! Wir haben Salonmiete bezahlt, Einladungen verteilt! Wenn ich nicht da bin, kann keine Feier stattfinden! Das wäre für uns eine große Schande! Bitte, bitte!«

»Tja, das ist ja nicht meine Schuld. Sie hätten selber daran denken müssen.«

»So etwas habe ich noch nie erlebt, meine Tochter! Ich wusste nicht, dass ich eine neue Genehmigung brauchen würde.« Sie versuchte Mitleid zu erregen. »Bitte, bitte, meine Tochter, hilf mir! Ich bin gekommen, um Goldschmuck und ein Brautkleid zu besorgen! Bitte!«

»Das ist Ihr Problem«, antwortete die Sachbearbeiterin regungslos und schob den vor ihr liegenden Pass zurück.

»Ach, Mensch! Was ist das schon, nur ein Stempel! Pat, pat, fertig!«

»Sind Sie verrückt?«

Der Mann, der zwischen der Frau und Kemal stand, war von dunklem Teint, mager und jung. Er verlor seine Geduld. Als er den Satz »Hinter Ihnen warten auch noch Leute« hörte, schob er sofort seine drei Pässe in die Durchreiche der Theke und sagte: »Die Kopien und Arbeitserlaubnisse von mir und meiner Frau sind alle da, meine Dame.«

Die Frau mit weißem Kopftuch blieb fassungslos stehen. Ihr Gesicht wurde rot und sie begann in Schweiß auszubrechen. Fahrig löste sie den Knoten ihres Kopftuches, wischte sich mit einem Papiertaschentuch den Schweiß ab und drehte sich nach hinten um. Sie sah die kalten Blicke der Leute, die auf sie gerichtet waren.

Dann band sie das Kopftuch wieder fest, nahm hastig ihren Pass und sagte zornig: »Allah möge dich bestrafen, du Hexe!« Und sie schrie weiter: »Allah bestrafe euch alle!« Sie wendete sich zur Tür und ging schluchzend weg.

Die zornigen Blicke der Sachbearbeiterin blieben lange Zeit an der Tür hängen. Dann schüttelte sie den Kopf, zuckte mit den Achseln und redete vor sich hin: »Die Verrückte! Tochter, Tochter! Als wäre sie meine Mutter!«, während sie mit zitternden Fingern die Pässe des kleinen Mannes durchblätterte und murmelte: »Ihre Pässe sind in Malatya ausgestellt.«

»Ja«, antwortete der Mann grinsend.

Sie legte seine Pässe mit allen Papieren vor sich hin, bevor sie sie mit den Fingerspitzen wieder zu ihm hinschob. »Sie müssen dort hin, wo die Pässe ausgestellt wurden. Sie haben mit uns nichts zu tun.«

»Aber … aber, ich habe ein Haus in Adana, meine Eltern wohnen auch hier. Wenn Sie wollen, kann ich auch vom Gemeindevorsteher eine Bestätigung bringen! Ich muss morgen losfahren!«

»Die Regeln habe nicht ich geschrieben.«

»Aber … aber, meine Dame …«

»Hinter Ihnen warten auch noch Leute«, sagte sie und streckte ihre Hand zu Kemal.

Fassungslos blieben die Augen des Mannes an der Frau hängen. Er wusste nicht, was er sagen sollte.

Kemal verharrte einen Moment zögernd. Nachdem die Beamtin »Geben Sie bitte Ihre Pässe!« gesagt hatte, reichte er ihr die fünf Pässe. Sie kontrollierte, wo die Pässe ausgestellt und die Aufenthaltserlaubnis erteilt worden war.

Zum Schluss sah sie Kemals Pass an und sagte nachdenklich: »Sie haben ja eine Aufenthaltsberechtigung?«

»Ja«, erwiderte Kemal mit vollem Stolz.

»Sie sind kein Arbeitnehmer, sondern Selbstständiger.«

»Wie bitte?«, fragte er verblüfft. »Entschuldigen Sie bitte! Wie Sie sehen, ist das ein Arbeiterpass und wurde hier ausgestellt. Der Stempel Ihres Arbeitsamtes ist immer noch zu sehen.«

»Aber Sie sind kein Arbeitnehmer mehr.«

»Doch! Nicht mehr in einer Fabrik, aber im öffentlichen Dienst.«

Mit kalten Blicken antwortete sie abweisend: »Wir kennen auch die deutschen Bestimmungen, mein Herr! Diese Art Aufenthaltserlaubnis bekommen nur Selbstständige! Wir brauchen darüber nicht zu diskutieren. Als Selbstständiger können Sie keine Ausreisegenehmigung für Arbeiter bekommen, sondern müssen zur Zentralbank gehen und die vorgeschriebene Menge ausländischer Währung kaufen. Erst danach dürfen Sie ausreisen. Sonst nicht.«

Kemal betrachtete ihr Namensschild und dachte, vielleicht wäre es besser, sie mit ihrem Namen anzureden. »Frau Aslan, ich bin ganz sicher, dass Sie auch die deutschen Bestimmungen kennen. Wenn Sie meine Arbeitserlaubnis sehen würden, sie liegt ja in meinem Pass, werden Sie feststellen, dass ich als Lehrer arbeite. Im öffentlichen Dienst.«

Sie sah nach und las laut: »Ach ja! Lehrer steht hier!«

»Sehen Sie!«, sagte er erleichtert.

Aber plötzlich wurde sie verwirrt und zornig. »Was

sind Sie eigentlich? Sind Sie Lehrer, Arbeiter oder Selbstständiger? Oder …?«

Das Blut schoss ihm in den Kopf. »Ja? Oder was?«

Zum ersten Mal hob sie ihren Kopf hoch, wanderte mit ihren Blicken zu Kemal und sah seine zerzausten Haare, sein unrasiertes Gesicht, seine lang hängenden Koteletten, seinen stalinistischen Schnurrbart und schob die Pässe heftig zu ihm zurück. »Wenn Sie Selbstständiger sind, gehen Sie zur Zentralbank. Wenn Sie Lehrer sind, gehen Sie zum Schulamt. Sie haben mit uns nichts zu tun!«

In seinem Rücken hörte er das Murren der Leute.

»Na los, seit heute Morgen warten wir hier!«

»Wenn wir auf jeden so lange warten würden, müssten wir hier übernachten!«

»Guck ihn an! Er sieht genauso aus wie ein …«

Kemal hätte schreien können … Nein, er musste schlucken. Er wusste, bei einem falschen Wort wäre er auf der Stelle festgenommen worden. Er griff nach seinen Pässen und rannte davon, ohne die Leute anzuschauen.

Als er draußen war, atmete er tief durch.

Er wusste nicht, wo er hinsollte.

*

Kemal wartete vor dem Arbeitsamt von Mersin, sechzig Kilometer von Adana entfernt, an der Küste gelegen. Wieder stand er in der Reihe vor der noch geschlossenen Tür, diesmal mit seiner Frau. Am ganzen Wochenende, am Montag und Dienstag war er unruhig gewesen, hatte bei der Hitze jeden Tag eine Flasche Raki getrunken. Er war bei der Zentralbank gewesen, um Devisen zu kaufen. Doch die Beamten sagten, er sei kein Selbstständiger, und deshalb sei das nicht nötig. Sogar das Arbeitsamt hatten sie angerufen, um die Situation zu klären. Alles vergebens. Er war auch beim Schulamt gewesen, wo ihn seine ehemaligen Kollegen ausgelacht hatten. »Hast du nicht gehört, was der Minister über euch gesagt hat?« Ja, er hatte es in einer türkischen Zeitung gelesen: Lehrer aus der Türkei, die in Deutschland arbeiteten, aber nicht unter Aufsicht des türkischen Kultusministeriums ständen, seien Kommunisten.

Der Beamte sah sie an und fragte: »Was ist denn? Wie gesagt, brauchen Sie keine neue Ausreisegenehmigung. Sie können ohne Sorge nach Deutschland fahren.«

Bär Kemal erinnerte sich, was er in den letzten Tagen gehört hatte: Die Leute wurden an der Grenze in die Heimatstädte zurückgeschickt, um eine neue Genehmigung zu besorgen. Er überlegte kurz und bat um ein neuen Stempel.

»Das wäre aber schade, Ihre Pässe werden sehr schnell voll.«

»Das macht nichts. Bitte tun Sie mir den Gefallen!«

»Na gut, wie Sie wollen«, meinte er, nahm die Pässe, machte die alte Genehmigung ungültig, versah sie mit einem neuen Stempel und unterschrieb. »Na bitte, sind Sie zufrieden?«

*

Sie ließen die guten Straßen hinter sich und fuhren auf dem gewundenen Weg in das Taurusgebirge. Das Gaspedal bis zum Ende durchgedrückt kletterte der alte VW brüllend und seufzend die letzte Steigung hinauf. Die Hitze des Motors leckte an Kemals Beinen. Um etwas frische Luft zu holen, ließ er seine linke Hand aus dem Fenster hängen. Viele Autos überholten sie. Bei manchen standen auf der Heckscheibe Sprüche wie »Leb schnell, stirb jung, damit deine Leiche gut aussieht!«,oder »Überhole mich ruhig, das Leben endet, aber die Wege nicht!«.

»Los, mein Freund, wenn du diese Steigung schaffst, werde ich dir eine lange Ruhepause gönnen«, versprach Kemal und erhöhte den Druck auf das Gaspedal.

Sie fuhren nach Deutschland zurück.

Trotz des neuen Stempels hatte Kemal keinen Tag länger bleiben wollen. Seine Frau und die drei Kinder ärgerten sich über den abgebrochenen Urlaub. Jeder schaute stillschweigend auf die vorbeiziehende Landschaft. Kemals einziger Gesprächspartner war der alte VW. »Los, mein Freund! Nur du kannst mich verstehen.« Er machte das Radio an. Wieder eine Rede des Generalstabs.

»… seid beruhigt und vertraut uns, liebe Mitbürger, mit Gottes Hilfe werden wir so schnell wie möglich alle Anarchisten in unserem Vaterland mit Stumpf und Stiel ausrotten.«

»Liebe Hörer, Sie hörten die Rede unseres verehrten Evren Pascha«, sagte der Sprecher. Dann kamen die weiteren Nachrichten. Ein Verkehrsunfall im Bolugebirge, neun Tote und fünfzehn Verletzte. Die Weltbank verspricht sieben Milliarden Dollar Aufbauhilfe. Publikationsverbot für eine Istanbuler Zeitung. Zwei Schriftsteller verhaftet und ihre Bücher konfisziert. In Istanbul bei einer Operation der Sicherheitskräfte vier Anarchisten getötet, dabei einer der Sicherheitskräfte zum Märtyrer geworden. Am Ende der Nachrichten eine Mitteilung des Ministeriums für Arbeit und soziale Angelegenheiten. Ein früheres Rundschreiben des Ministeriums an alle Arbeitsämter, das zu Missverständnissen geführt hatte und zu unnötigen Querelen geführt hatte, wurde präzisiert. Bestehende Ausreisegenehmigungen bedürfen keiner Bestätigung mehr.

Ein Narr

M ein Weib?«

»Was soll denn das?«

»Ich wollte meine Gattin sagen.«

»Geschmacklos.«

»Meine Gemahlin!«

»Altmodisch.«

»Meine Lebensgefährtin!«

»Zu trocken.«

»Meine Geliebte!«

»Gefällt mir nicht!«

»Mein Schätzchen!«

»Nicht schlecht.«

»Mein Schatz!«

»Das gefällt mir.«

»Meine Schönheit!«

»Reizvoll!«

»Ich liebe dich immer noch wie am ersten Tag!«

»Schön zu hören, es macht mich glücklich!«

»Ich wollte was fragen, meine Blume!«

»Frag doch, meine Biene!«

»Ich möchte aber eine ehrliche Antwort, meine Rose!«

»Glaubst du mir nicht, meine Nachtigall?«

»Doch schon.«

»Na dann, schieß los!«

»In Kürze bekommen wir ein Kind.«

»In zwei Monaten.«

»Du wirst Mutter.«

»Und du Vater.«

»Es kann ein Junge sein wie ein Löwe oder ein Mädchen wie eine Rose.«

»Hauptsache ist, dass es gesund sein wird.«

»Angenommen wir bekommen ein Mädchen wie eine Rose.«

»Ich hoffe, dass es mir ähneln wird.«

»Dann liebe ich es noch mehr.«

»Wenn es ein Junge wird, soll er aber wie du aussehen.«

»Nehmen wir an, ein Mädchen nach dir.«

»Wir nennen sie Rose.«

»Gut. Nach Jahren würde unsere Rose ein hübsches Mädchen.«

»Sie soll auch gut ausgebildet sein.«

»Ja, sie studiert und hat einen guten Beruf erlernt.«

»Wir werden beide alt. Würde ich hässlich aussehen?«

»Ich glaube nicht, du wirst reifer.«

»Eine erfahrene Frau.«

»Ja, auch wie ein erfahrener Kanarienvogel.«

»Ich will aber keinen Käfig.«

»Ich werde dich auf meinem Kopf tragen wie eine Krone.«

»So etwas nicht. Es reicht mir, wenn du mich auf deinen Schultern trägst.«

»Sei unbesorgt.«

»Na los, frag doch!«

»Eines Tages bringt unsere Rose einen Jungen nachhause.«

»Na ja, logo! Sie muss ihn doch mit uns bekannt machen.«

»Vielleicht …«

»Die Mütter sind duldsamer als die Väter.«

»Nicht immer …«

»Ach du, ihr Väter! Wenn die Jungen mit einem Mädchen nachhause kommen, freut ihr euch. Aber wenn die Töchter mit einem Jungen kommen, werdet ihr vor Wut schäumen wie mein Vater. Was mein Bruder tat, erfreute meinen Vater, und er sagte immer: ›Das ist ein Leben für Männer.‹ Aber wenn wir Mädchen so etwas gemacht hätten …«

»Ja, was könnte er sagen?«

»Ach, lass das!«

»Na gut. Ich werde aber nicht wie dein Vater sein.«

»Was wolltest du eigentlich fragen?«

»Unsere Rose hat einen Fremden nachhause gebracht.«

»Was für einen Fremden?«

»Keiner von uns. Ein Deutscher, ein Amerikaner oder ein Afrikaner.«

»Oh, mein Allah!«

»Was ist denn?«

»Ich muss mir was überlegen.«

»Du hast aber eine ehrliche Antwort versprochen.«

»Deswegen muss ich ja überlegen.«

»Und sie sagen, sie wollen heiraten.«

»Hm … Noch schwerer zu beantworten.«

»Bist du dagegen?«

»Was willst du hören?«

»Deine ehrliche Antwort.«

»Willst du mich ins Kreuzverhör nehmen? Lass mich in Ruhe überlegen.«

»Also, du bist dagegen?«

»Könnte sie keinen anderen finden?«

»Was für einen anderen?«

»Einen von uns zum Beispiel.«

»Aber er ist keiner von uns.«

»O weh!«

»Also dagegen?«

»Und du? Was würdest du sagen?«

»Nichts.«

»Nichts?«

»Ja. Weil weder deine noch meine Meinung gefragt wird.«

»Nein, so etwas?«

»Ja. Sie ist sogar auch …«

»Was? Was noch?«

»Sie ist auch schwanger und sie müssen heiraten.«

»Nein, nein, nein!«

»Sei doch ruhig, es ist ja gar nicht passiert … Es war nur eine …«

»Du, du, du! Du bist ein Narr!«

Eine harmlose Lüge

Ali sah den Zettel noch einmal an und stellte fest, dass er richtig angekommen war. Der Name der Straße, der kleine Spielplatz an der Ecke und das dahinterstehende alte Gebäude mit roten Ziegelsteinen stimmten überein. Er kannte diese Gegend nicht, hatte die Adresse und die Beschreibung von Zeki, dessen Frau bei dieser Firma arbeitete. Da Ali seit Wochen vergeblich eine neue Stelle gesucht hatte, wollte er nun sein Glück hier versuchen.

Ali und Zeki waren in der Türkei Lehrer gewesen, zwei ehemalige Kollegen. Sie gehörten zu denjenigen, die ihre Arbeit aufgegeben hatten und als Hilfsarbeiter nach Deutschland gekommen waren. Ali arbeitete in einer kleinen Strickerei, Zeki war bei einer Firma als Fensterputzer beschäftigt. Nach Beendigung des einjährigen Vertrages hatte Zeki eine bessere und gut bezahlte Arbeit gefunden. Ali jedoch nicht. Er nahm Urlaub und suchte bei Siemens, bei Osram, bei AEG und bei vielen kleineren Betrieben. Ihm wurde immer die gleiche Frage gestellt: »Was haben Sie in der Türkei gelernt?« Vor Scham hatte er nicht gesagt, dass er Lehrer sei, sondern Beamter. Überall wurde ihm daraufhin nur Arbeit als Träger angeboten. Er wollte aber nicht, weil er kein kräftiger Mann war und genau wusste, dass er innerhalb weniger Wochen krank werden würde und seine Stelle aufgeben müsste. Er wusste auch, dass die Betriebe in Berlin kräftige, junge Arbeiter und keine Fachkräfte suchten. Viele deutsche Arbeiter, die einen Hauptschulabschluss besaßen, machten ein paar Wochen Abendkurse und wurden Angestellte. Ihre Plätze wurden mit den Leuten besetzt, die aus dem Ausland kamen und keinen erlernten Beruf hatten. Man nannte sie »angelernte Arbeiter«. Berlin war eine geteilte und alternde Stadt, die junge Arbeitskräfte brauchte. Jedes Jahr wurden Werbebusse nach Westdeutschland geschickt, um junge Leute hierher zu locken. Trotz staatlicher Unterstützung kamen nur diejenigen, die eine Befreiung vom Militärdienst suchten, weil Berlin unter dem Viermächte-Abkommen stand und die Westberliner keinen Militärdienst leisten mussten.

Von seinem Urlaub blieb Ali nur noch eine Woche. Wenn er innerhalb dieser Zeit keine neue Arbeit finden würde, musste er dort bleiben, wo er war. Nicht nur er, auch seine Frau. Sie arbeitete bei der gleichen Firma und beide wohnten in einer kleinen, von der Firma vermieteten Wohnung. Er verdiente als Vertragsarbeiter drei Mark fünfzig und seine Frau drei Mark pro Stunde. Die anderen, die die gleiche Arbeit verrichteten, bekamen sechs oder sieben Mark. Für die Einzimmerwohnung, deren Küche und Toilette sie mit einer anderen Familie gemeinsam nutzten, zahlten sie zweihundertfünfzig Mark Miete. Wenn einem von ihnen die Stelle gekündigt werden sollte, müssten sie die Wohnung verlassen. Er wusste auch, wer keine Arbeit hat, findet keine Wohnung. Und wer keine Wohnung hat, bekommt keine Arbeit. Ein Teufelkreis.

Zeki erlebte die gleiche Situation und fand nach tagelangen Überlegungen eine Lösung: eine selbst erfundene Geschichte, eine Lüge. Es klappte, und er wurde sofort eingestellt. Ali hatte die Geschichte, wie Zeki sie ihm erzählt hatte, ganz genau aufgeschrieben und auswendig gelernt. Trotzdem zitterte er wie ein Schüler vor der Tür des Prüfungszimmers. Lügen konnte jeder, die Lüge glaubhaft machen war aber nicht so einfach. Besonders bei einem Personalchef, der viele Menschen eingestellt hatte und ein Menschenkenner sein konnte.

Nachdem er vom misstrauisch dreinschauenden Pförtner mitgeteilt bekommen hatte, wo er hinsollte, fand er das Zimmer des Personalchefs. Als er schließlich vor der Tür stand, war er vor lauter Lebhaftigkeit sehr aufgeregt. Solche Ängste und solche Aufregung hatte er vor einem Jahr in Istanbul erlebt, wo er tagelang von den deutschen Ärzten der Anwerbestelle wie ein Tier von Kopf bis Fuß untersucht worden war.

Mehrmals atmete er tief durch und klopfte an die Tür. Nachdem er »Ja«-Rufe vernommen hatte, ging er hinein und begrüßte drei Personen, ohne deren Gesichter zu sehen, zwei mit blonden, einer mit grauen Haaren. Er wartete wie ein Rekrut, lautlos und stillgestanden. Der Grauhaarige wies auf einen Stuhl, ohne seinen Kopf zu erheben und ein Wort zu sagen.

Ali setzte sich und betrachtete das Zimmer, das nach Zigaretten und Papier roch. Da standen mehrere Schränke und drei Schreibtische, auf denen viele Ordner und stapelweise Papiere lagen. An den Wänden hinter den Tischen hingen Bilder aus fernen Ländern mit Palmen und welligen Meeren. Im Hintergrund hörte man das Klappern der Rechenmaschinen.

»Haben Sie schon einmal als Monteur gearbeitet?«

Diese unaufmerksame Behandlung ärgerte Ali, gleichzeitig fand er es auch besser, damit man ihm seine Aufregung nicht anmerken konnte.

Er atmete noch einmal tief durch und sagte: »Nein.« Er fügte aber sofort hinzu: »Seit einem Jahr bin ich in Deutschland und arbeite bei einer Firma, die nichts mit meinem ursprünglichen Beruf zu tun hat. Gerade ging der Vertrag zu Ende, und ich wäre froh, wieder meinen Beruf ausüben zu können.«

Der Personalchef ließ den Kugelschreiber sinken, den er in der Hand hatte, hob den Kopf und sah Ali lächelnd an. Mit seinen grauen schulterlangen Haaren, strahlend blauen Augen und dem faltenlosen Gesicht wirkte er noch jünger, als er eigentlich war.

»Was sind Sie von Beruf?«, fragte er interessiert.

»Na ja, ich weiß nicht, wie man es richtig ausdrücken kann«, erwiderte Ali. »Es ist so: Mein Vater war ein Meister und hatte eine Reparaturwerkstatt.« Dabei sah er in die Luft, als hätte er Sehnsucht nach seinem Beruf. »Mein älterer Bruder und ich haben als Kind bei ihm angefangen zu arbeiten. Wir haben alle Arten von Dingen repariert, vom Gaskocher bis zum Kühlschrank. Also bin ich ein ›Ausbesserer‹, wenn man es so nennen darf.«

»Sehr gut! Sie sind jemand, den wir immer brauchen. Sie sprechen auch gut Deutsch. Ich hoffe, dass Sie auch gut lesen und schreiben können.« Er nahm eine Zeitung vom Tisch, zeigte auf die Schlagzeile und gab sie ihm. »Würden Sie bitte vorlesen? Ganz kurz, ein paar Zeilen.«

»Gern«, entgegnete Ali mit freundlichem Lächeln. Er nahm die Zeitung und las zuerst die Überschrift: »Er machte Feuer, um nicht zu erfrieren, verlor sein Leben«, die ihm mit großen Buchstaben entgegenblickte.

Darunter befand sich ein erklärender Text: »Bei der gestrigen Kälte suchte der obdachlose Heinz B. in einer Telefonzelle Schutz. Mit Telefonbüchern machte er Feuer und erlitt Verletzungen. Er wurde ins Krankenhaus gebracht, doch jede Hilfe kam zu spät. Er starb an Rauchvergiftung.«

»Es reicht«, sagte der Personalchef, nahm den Telefonhörer, drehte eine Nummer und meinte: »Hallo, ich bin's, Wolfgang. Komme gleich zu dir und bringe jemanden mit, der alles kann. Ja, ja, auch. Tschüss, bis gleich!« Er legte den Hörer auf, streckte lächelnd seine Hand zu Ali und sagte: »Ach ja, entschuldigen Sie bitte. Mein Name ist Böhm.«

Ali stand auf und drückte seine Hand. »Freut mich sehr, Herr Böhm! Mein Name ist Akar, Ali Akar.« Alles schien gut gelaufen zu sein. Er war froh, seine Rolle gut gespielt und die Prüfung bestanden zu haben. Wenn er hier eingestellt würde, könnte es gar keine Probleme geben. In der Lehrerschule hatte er in unterschiedlichen Werkstätten vieles gelernt und wusste, wie man mit Werkzeugen umzugehen hat.

Herr Böhm stand auf und sagte: »Kommen Sie mit, wir gehen nach oben.«

Ali folgte ihm.

Mit einem großen Lastenfahrstuhl fuhren sie hoch, stiegen im dritten Stock aus und gingen durch eine alte Tür. Sie betraten eine breite und lange Etage, wo viele Leute lautlos arbeiteten, überall standen Kisten und Kartons. Aus einem gläsernen Büro kam ihnen ein Mann entgegen, der kurze graue Haare hatte, eine dicke Brille, einen mantelähnlichen Kittel und einen Kinnbart trug.

Der Personalchef machte die beiden miteinander bekannt: »Herr Braun, unser Meister, und Herr Akar.«

»Sehr schön!«, erwiderte Braun. »Na, dann kommen Sie mit, Herr Akar! Ich zeige Ihnen, was wir hier machen.« Er ging vor und die beiden folgten ihm.

Auf einer Seite der Etage fuhrwerkten junge Leute mit Pinzetten und Lötgeräten herum. Sie fertigten kleine Teile. Auf der anderen Seite befand sich ein Fließband, worauf Registrierkassen standen. Dort saßen Frauen und Männer, die Kasse für Kasse auf den Tisch zogen und immer die gleichen Teile montierten. Danach schoben sie die Kassen dann wieder auf das laufende Band und nahmen sich die nächste.

»Wie Sie wissen, sind das Registrierkassen. Es geht alles schrittweise. Im ersten Schritt kommen die Kassen an wie ein Skelett, wie die Karosserie eines Autos. Bei jedem Schritt wird ein neues Teil montiert, bis sie am Ende ganz fertiggestellt ist. Es handelt sich um insgesamt dreizehn Schritte. Sie werden beim ersten Schritt anfangen und gehen bis zum Ende weiter. Wenn Sie alle Schritte gelernt haben, werden Sie dort bleiben und reparieren. Sehen Sie die drei jungen Männer da hinten? Sie werden die gleiche Arbeit tun wie Sie«, sagte Braun.

Sie besichtigten alle Arbeitsschritte, ehe sie bei den jungen Männern stehen blieben. Jeder saß vor einem kleinen Tisch mit Rädern, worauf eine Registrierkasse stand. Erst wenn mit den Kassen alles in Ordnung war, schoben sie diese zur Seite. Ansonsten machten sie sich an die Reparatur.

»Na, gefällt es Ihnen?«, fragte der Personalchef.

»Sehr sogar«, antwortete Ali, »besonders die Reparaturarbeit.«

»Wie gesagt«, machte Braun klar, »wenn Sie alle Schritte hinter sich gebracht haben, können Sie gerne reparieren. Bis dahin werden Sie nach Stundenlohn arbeiten. Aber egal wann, wenn Sie der Meinung sind, dass Sie im Akkord schaffen können, melden Sie sich bei mir.«

»Darf ich fragen, wie hoch der Stundenlohn ist?«

»Sieben Mark. Wenn Sie im Akkord arbeiten, verdienen Sie natürlich mehr. Bei der Reparaturarbeit gibt es keinen Akkord, nur Stundenlohn. Neun Mark die Stunde. Und was nach Tarifverhandlungen hinzukommt, bekommen Sie natürlich auch.«

»Was sagen Sie dazu?«, fragte der Personalchef.

»Okay, einverstanden«, erwiderte Ali leise, da er nicht zeigen wollte, wie sehr er sich freute. Er hätte hochspringen, schreien oder die beiden umarmen und küssen können. Ein Jahr lang hatte er für die Hälfte dieses Geldes gearbeitet. Oder anders gesagt, er und seine Frau hatten beide zusammen für das gleiche Geld gearbeitet.

Er erkundigte sich leise: »Wann kann ich anfangen?«

»Wann Sie wollen«, sagte Böhm gleichgültig nickend.

»Ich weiß es nicht«, antwortete Ali geistesabwesend. »Ich habe noch eine Woche Urlaub.«

»Das macht nichts«, erwiderte Braun gelassen. »Lassen Sie sich Zeit und ruhen sich noch eine Woche aus. Und dann kommen Sie hierher. Es tut mir leid, ich hab so viel zu tun, ich muss weg. Na dann, bis nächste Woche«, sagte er und verabschiedete sich Richtung Büro.

Der Personalchef und Ali gingen wieder runter, um den Vertrag zu unterzeichnen. Er las nicht, was draufstand, sondern sah nur die Zahlen. Beim Hinausgehen fühlte er sich wie auf Wolken und hätte vor Freude fliegen können. Er spürte die Kälte und den messerscharfen Wind nicht.

Mehr als ein Mann

Ilona, du kriegst von mir nichts mehr! Lass mich in Ruhe, ich hab zu tun!«

»Mehmet, mach bitte die Tür auf!«

Mehmet warf ihr einen zögernden Blick zu. »Wo ist er? Wartet er draußen?«

»Meinst du Danni? Er ist nicht mit, ich bin allein.«

»Erstaunlich, aber umso besser. Warte, ich muss mir was anziehen.«

Er stand hinter der halb geöffneten, mit einer Kette gesicherten Wohnungstür, sie wartete davor und sagte grinsend: »Na und? Schließlich bist du ja mein Ehemann. Lass mich bitte rein! Was sagen deine Nachbarn, wenn sie mich vor der Tür warten sehen?«

Mit mürrischem Gesicht entgegnete er halblaut: »Ja, ja. Dein Ehemann, ein Huhn, das goldene Eier legt. Meinetwegen, komm rein. Wir müssen sowieso miteinander reden.« Er löste die Türkette, drehte sich um und ging ins Schlafzimmer. Er war verschwitzt, hatte ein nasses Unterhemd und Shorts an. Er wollte etwas Trockenes anziehen.

Ilona kam rein, machte die Tür zu. Sie blieb im Flur stehen und folgte ihm mit bewundernden Blicken. Mit seinem kräftigen Körper sah er wie eine vom Regen nass gewordene Statue aus.

»Grob, aber gut aussehend«, murmelte sie lächelnd. Sie wendete sich ab und ging in die Küche.

Als sie eintrat, brannten ihr die Augen und die Nasenhöhle. Es roch nach gebratenen Zwiebeln, vermischt mit

Seifengeruch. Die Küche war voller Dampfwolken, die aus zwei Kochtöpfen hochschleuderten. Sie machte das Fenster auf, atmete tief durch und sah die frisch gewaschene Wäsche, die auf einer Leine hing. Dann ging sie zu dem Tisch, fasste die Kante an, sprang hoch und saß mit baumelnden Beinen drauf.

Mehmet kam angezogen mit einer Jeanshose und einem Hemd zurück, sah das weit geöffnete Fenster und klagte: »Oh Gott, es ist ja kalt geworden. Hast du nicht gesehen, dass ich verschwitzt bin?« Er schloss es wieder.

»Man konnte kaum atmen, Mehmet! Warum bringst du deine Wäsche nicht zu einem Waschautomaten? Die könntest du dort für ein paar Mark sogar gleich trocknen lassen.«

»Es kostet aber Geld, meine Dame!«, antwortete er sarkastisch.

»Du hättest Zeit gespart, und es wäre viel einfacher.«

»Ich muss nicht Zeit, sondern Geld sparen.«

»Na ja, wie du willst«, sagte Ilona gleichgültig nickend. Mit dem Kinn zeigte sie auf die Kochtöpfe. »Was kochst du da? «

Er schlug seine rechte Hand auf die Stirn. »Ach ja, vergessen!« Er lief hin, hob den Deckel des einen Topfes an. Er probierte mit einem Löffel und sagte: »Hm, gut!« Dann legte er den Deckel wieder drauf und schaltete den Herd aus.

»Was ist denn das?«

»Weiße Bohnen. Hast du Hunger?«

»Im Moment nicht, später vielleicht. Was ist mit dem anderen?«

»Das war Wasser für die Wäsche«, antwortete Mehmet

und erinnerte sich im gleichen Moment an die Wäscheschüssel, die auf dem Fußboden lag. Er hob sie hoch und stellte sie auf den Geschirrschrank. Mit gekreuzten Armen lehnte er sich an die Wand und beobachtete sie: Er schaute auf ihre rotblau gefärbten, durch Zitronensaft gehärteten und wie ein Hahnenkamm hochgestellten Haare, ihre alte Lederjacke, die silberne Ziernägel schmückten. Obwohl er sie mit ihrem breiten Mund und großen blauen Augen hübsch fand, nannte er sie verächtlich »Hippie«. Seine Blicke landeten an ihren Oberschenkeln und der schwarzen Unterhose, die durch den nach oben verrutschten Rock hervorlugten. Sein Herz hämmerte gegen die Rippen. Sie will mich verführen, dachte er und brüllte plötzlich: »Du machst den Tisch kaputt, Ilona! Siehst du die Stühle nicht?«

Ilona schaute nach unten, sah ihre nackten Oberschenkel und merkte, worüber er sich geärgert hatte. Sie sprang vom Tisch runter und setzte sich auf den Stuhl. Mehmet drehte den Kopf zum Fenster und überlegte, wie er es anstellen sollte, mit ihr ernsthaft, aber doch freundlich zu reden. Er hatte sie etwa vor einem halben Jahr geheiratet. Es war eine Scheinheirat, gegen achttausend Mark Barzahlung. Einst als Illegaler über Ostberlin eingereist wurde er durch die Heirat legaler Arbeitnehmer. Aber Ilona hielt ihr Wort nicht und verlangte von ihm jeden Monat hundert oder manchmal auch zweihundert Mark. Obwohl er sich zuerst geweigert hatte zu zahlen, gab er zum Schluss immer nach und zahlte. Er musste ihre vorzeitige Scheidung und seine zwangsläufig folgende Ausweisung verhindern. Wenn es so weitergehen würde, ließe es sich nur schwer aushalten. Was ihm aber noch mehr Schmerz zufügte, war das Verhalten von Ilonas Freund. Er kam jedes Mal mit ihr mit, umarmte und küsste sie vor Mehmets Augen, als wollte er damit sagen: »Schau, deine Frau ist in meinen Armen.« Obwohl Mehmet ganz genau wusste, dass die Eheschließung nur auf dem Papier bestand und diese Empfindung absurd war, tat es ihm trotzdem weh. Jedes Mal stieg ihm das Blut in den Kopf. Er wäre nur zu gern aufgestanden und hätte ihn erwürgt. Zu guter Letzt hatte er ihn am Nacken gepackt und ihn aus der Wohnung geschmissen.

Mehmet ging zum Tisch und nahm ihr gegenüber Platz. »So kann das nicht weitergehen, Ilona«, sagte er spontan. »Was ich dir damals bezahlt habe, war alles geliehenes Geld. Ich muss meine Schulden zurückzahlen und außerdem noch Geld sparen, um meine Verlobte zu heiraten.«

Als hätte Ilona ihn nicht gehört, fragte sie nur: »Hast du Schnaps?«

Obwohl ihre Haltung ihn ärgerte, dachte er nach und schluckte. Es wäre vielleicht besser, wenn sie etwas trinken würde und dadurch gute Laune bekäme.

»Ich hab nur Whisky, Ilona.«

»Das geht auch. Mit Wasser bitte!«

Er stand auf, ging zum Kühlschrank und brachte eine halb volle Flasche Whisky, ein leeres Glas und Wasser in einer Plastikkaraffe. »Bitte, bedien dich selbst. Ich trinke nicht.«

»Du trinkst nicht?«, fragte Ilona und runzelte ihre Stirn. »Nein, wir trinken gemeinsam und stoßen an, Mehmet. Alleine macht es keinen Spaß, zusammen ist es genussvoller und schmeckt besser. Komm schon!«

Mehmet beugte den Kopf und nickte. Er fühlte sich zwar gezwungen, mitzutrinken, dennoch holte er noch ein Glas und stellte es dazu. »Na gut, wie du willst.«

Ilona goss Whisky in beide Gläser und vermischte es mit Wasser. Sie hob ihr Glas hoch, richtete ihre Blicke auf ihn und stieß sein Glas mit lächelndem Gesicht an. »Auf die Freundschaft, Mehmet!«

»Auf die Freundschaft.«

Ilona zog Tabakbeutel und Feuerzeug aus der Tasche, drehte zwei Zigaretten und reichte eine davon Mehmet. »Hier. Wir rauchen, trinken und plaudern zusammen. Du wolltest ja mit mir reden, oder?«

»Ja, Ilona. Wir müssen sogar. Aber ich rauche nicht«, sagte er, nahm das Feuerzeug und gab ihr Feuer. »Ich hab nie geraucht, aber drehen kann ich. Von unserer Familie raucht nur mein Vater. Er hatte aus Syrien geschmuggelten Tabak gekauft und den ganzen Winter über geraucht. In unserem Dorf gibt es gar keinen Laden.«

Sie schob den Tabakbeutel zu ihm rüber. »Na gut, dann kannst du ein paar für mich drehen. Und erzähl mir etwas von der Frau, die du heiraten möchtest. Ist sie hübsch?«

»Na ja … es geht. Aber sie ist noch keine Frau. Ein Mädchen.«

»Aber, aber, Mehmet! Sie ist ja doch kein kleines Mädchen, oder?«

»Ja, schon. Ich meine aber … sie hat bisher gar keinen Mann gehabt.«

»Du meinst außer dir?«, fragte sie listig und augenzwinkernd.

»Nein, gar keinen!«

»Ach, du meine Güte! Das ist unglaublich!«, erwiderte Ilona und schaute ihn prüfend an. »Willst du mich verarschen, oder was? Na komm, komm! Ihr habt ja bestimmt miteinander öfter geschlafen …«

»Glaub mir, das darf man nicht.«

»Wieso nicht? Ihr seid doch richtig verlobt, oder?«

»Ja, aber trotzdem nicht.«

»Erstaunlich! Aber Mehmet, wie kannst du ein Mädchen heiraten, mit der du nicht mal ins Bett gegangen bist? Und nicht weißt, ob sie dich glücklich machen kann oder nicht? Oder auch umgekehrt? Also ich kann mir überhaupt nicht vorstellen, dass ich jemanden heiraten würde, den ich vorher im Bett nicht kennen gelernt habe. Wenn sie dir beim ersten Mal nicht gefällt, was dann?«

Er war es nicht gewöhnt, über solche Sachen mit einer Frau zu reden.

»Das ist einer unserer Bräuche, Ilona«, antwortete er beschämt. Er beugte den Kopf und richtete seinen Blick auf seine Hände, in denen er Papier und Tabak hielt.

Ilona merkte es und sagte gelassen: »Ach, Mehmet. Du brauchst dich nicht zu schämen, wir sind ja erwachsene Menschen. Wir können ja über alles miteinander reden.« Sie nahm eine seiner gedrehten Zigaretten, zündete sie mit der Kippe an und hob ihr Glas erneut hoch. »Na los, wir trinken auf deine unerfahrene Verlobte!«

Er gab ein schüchternes Lächeln als Antwort und trank seinen Whisky aus.

Ilona machte noch zwei fertig.

Mehmet nahm sein Glas in die Hand und spielte damit. Er musste das Thema wechseln. »Ilona, weißt du was, ich muss auch für das Mädchen zahlen. Ich hab aber bisher nur die Hälfte zusammen. Wenn ich den Rest nicht zahle, kann ich sie nicht heiraten.«

»Was? Musst du für das Mädchen auch zahlen?«

»Leider. Bei uns muss jemand, der heiraten möchte, für das Mädchen zahlen. An ihre Eltern. Bargeld oder Acker, Garten oder Tiere.«

»Also, das heißt ja kaufen?«

»Na ja, ähnlich wie kaufen. Das ist eine Sitte bei uns. Es war immer so und wird immer so bleiben. Wer nicht zahlen kann, hat Pech gehabt. Keine Heirat.«

»Unglaublich! Wie viel hast du bezahlt? Zu viel?«

»Ach, lass das. Aber nicht wenig.«

»Armer Mehmet. Du hast ja auch für mich bezahlt.«

»Na ja, das war aber …«

Es klingelte und sie sahen sich an.

Und noch mal und noch mal klingelte es.

»Erwartest du jemanden?«

»Nein.«

Es waren Männerstimmen zu hören, unverständliche Worte. Und dann kamen noch Geräusche aus dem Türschloss.

Ilona hob den Zeigefinger an den Mund und flüsterte: »Psst!« Sie trank zuerst ihren Whisky aus, drückte die Zigarette im Aschenbecher aus und ging auf Zehenspitzen zur Tür. »Wer ist da?«

»Polizei!«

Ihre Augen funkelten zuerst, dann wurde sie zornig. Ilona hasste die Polizei. Das Wort allein rief in ihr Wut hervor. Sie als Autonome hatte jeden Tag mit ihnen von Angesicht zu Angesicht zu tun. Die Polizisten saßen in ihrem Wagen, der immer in der Nähe des besetzten Hauses stand, und beobachteten sie. Ilona und ihre Freunde sammelten sich ihrerseits vor deren Wagen, liefen um sie herum, plauderten gemütlich untereinander und machten sich lustig über die Polizisten. Am 1. Mai wurden dann immer die Rechnungen beglichen. Autonome warfen Pflastersteine und Molotowcocktails auf die Polizisten, zündeten Einsatzwagen, fremde Autos und Läden an. Die maskierten Polizisten stürzten mit Schutzschildern, Gummiknüppeln und mit Wasserwerfern auf sie.

Mit mürrischem Gesicht und Kopfschütteln öffnete Ilona plötzlich die Tür. Ein alter Mann, der eine Bohrmaschine in der Hand hielt und damit das Türschloss aufbrechen sollte, fiel auf die Türschwelle und vier andere Männer stürmten herein. Zwei in Uniform, zwei in Zivil. Und jeder trug eine Waffe in der Hand.

»Hände hoch!«

Die Zivilbeamten gingen ins Schlafzimmer, während die Uniformierten Ilona und Mehmet an die Wand schoben. »Nicht bewegen!« Und im Handumdrehen trat einer hinter Mehmet, fasste seine erhobenen Arme und drehte sie auf seinen Nacken. Gleich danach schlug er mit seinem Halbstiefel auf die Innenseite der Fußknöchel und schob Mehmets Beine auseinander. Als hätte Mehmet einen Stromschlag bekommen, begannen seine Augen zu tränen. Er biss die Zähne zusammen und bemerkte, dass er von oben bis unten durchsucht wurde, ohne jedoch zu wissen, worum es ging. Er zitterte vor Angst. Wenn sich feststellen ließe, dass er mit Ilona nicht zusammenlebte, würden sie ihn bestimmt mitnehmen und ausweisen.

Für Ilona war die Situation nicht ungewöhnlich. Als

sie hereingestürmt kamen, legte sie ihre Hände in« den Nacken und machte keine Bewegung. Nachdem sie gemerkt hatte, dass keine Beamtin dabei war, brüllte sie: »Wollt ihr mich auch durchsuchen? Gibt es gar keine Polizistinnen bei euch?«

»Wir wussten nicht, dass wir hier auf eine Frau treffen werden.«

»Ich warne euch! Sollte einer von euch mich anfassen, bekommt er von mir einen Fußtritt und erlebt einen Leistenbruch! Es ist mir scheißegal, wenn ihr mich auf der Stelle erschießt! Habt ihr gehört?«

Der kräftige Polizist, der Mehmet durchsucht hatte, kam mit einem amüsierten Gesicht zu Ilona und sagte spöttisch: »Drehen Sie sich um.« Nachdem sie seiner Aufforderung gefolgt war, sah er Ilona von Kopf bis Fuß an.

Ilona versenkte ihre barschen Blicke in seine Augen. »Ich bluffe nicht, Bulle! Versuch es nicht! Wenn du mich anrührst, tue ich alles, was ich gesagt habe! Da verstehe ich keinen Spaß!«

Er zog seine Waffe noch mal heraus und warnte sie: »Durchsuchen Sie sich selbst, von oben bis unten! Aber keine falsche Bewegung! Und ganz schön langsam!«

Ilona merkte, dass sie die erste Runde gewonnen hatte. Sie wanderte zuerst mit ihrer rechten Hand auf die linke Schulter und dann auf den Arm runter. Danach umgekehrt. Zum Schluss ging sie mit beiden Händen seitwärts bis zu den Füßen.

»Siehst du, was könnte ich zu verstecken haben?«

»Wir tun nur unsere Pflicht, Madame. Nun können Sie sich beide hinsetzen.«

Vor Erschöpfung stürzte Mehmet auf den Stuhl.

Ilona saß neben ihm, sah die Polizisten zornig an und fragte listig: »Was sucht ihr eigentlich? Terroristen oder Mörder?«

Die Antwort blieben sie schuldig. Ein Uniformierter hielt dort die Stellung, während der andere zu den Zivilisten ging. Alle drei durchsuchten die Küche, das Zimmer und die Toilette. Was im Kleiderschrank, in der Sporttasche und im Koffer war, wurde angefasst und durcheinandergebracht. Die im Geschirrschrank liegenden Gewürzbeutel wurden einzeln gerochen und gekostet. Nachdem sie fertig waren, kamen sie wieder in der Küche zusammen.

»Typisch Junggesellenwohnung.«

»Genau.«

»Scheinheirat.«

Der ältere Zivilist, der einen grauen Schnurrbart und eine dicke Brille trug, legte eine Unterlage auf das Fensterbrett und fing an zu schreiben, während die anderen daneben standen.

Ilona flüsterte in Mehmets Ohr: »Keine Angst, sei unbesorgt und überlass alles mir. Wenn sie dich etwas fragen, gib keine Antwort. Ich werde mit denen reden.« Sie hob den Kopf und sagte zornig: »Aber vergesst nicht, ich werde euch verklagen und zur Rechenschaft ziehen!«

Der junge Zivilbeamte, der Wollmütze, Lederhose und Lederjacke anhatte, kam zu Ilona und schaute sie lächelnd und prüfend an. »Wer sind Sie denn eigentlich?«

»Blöde Frage! Hast du immer noch nicht kapiert, wer ich bin? Ihr dringt in meine Wohnung ein, ohne einen

Durchsuchungsbefehl zu zeigen, bringt hier alles durcheinander, und dann fragst du, wer ich sei?« Sie steckte ihre rechte Hand in die Jackentasche, die auf dem Stuhl hing.

»Halt!«, sagte der Uniformierte, der ihr gegenüberstand.

»Keine Angst, Bulle, ich habe weder Bombe noch Waffe! Ich wollte nur meinen Ausweis holen und ihn euch zeigen! Na, dann komm, hol ihn selber und sag den anderen Bullen Bescheid!«

Er kam aber nicht, sondern wartete mit der Waffe in der Hand, bis der junge Zivilist den Ausweis holte und ihn ansah.

»Kick mal an! Tatsächlich, die Wohnung hat eine Hausherrin!«, sagte er listig und schaute Ilona mit sarkastischen Blicken an.

»Was hast du denn gedacht, Bulle? Und wer bist du? Bist du ein echter Bulle oder ein Einbrecher? Habt ihr keine Dienstausweise?«

»Ich bitte um Verzeihung, gnädige Frau … Müller«, sagte er, beugte sich belustigt vor, zog lächelnd seinen Dienstausweis aus der Jackentasche und streckte ihn ihr zusammen mit einem Schreiben hin. »Hier, sehen Sie!«

»Jetzt nicht mehr, Bulle! Die hättest du vorher zeigen sollen!«, erwiderte Ilona wütend und fegte alles, was er in der Hand hielt, weg, sodass es auf dem Fußboden landete.

Er hob es auf und ging auf Ilona los.

Der Ältere kam dazwischen und wendete sich ihr zu: »Wir haben eine schriftliche Benachrichtigung, … Verdacht auf Scheinheirat.«

»Na endlich, die Katze ist aus dem Sack! Und von wem kam es?«

»Wir brauchen keinen Namen zu nennen, Frau …«

»Demir, Frau Demir heiße ich!«, fügte Ilona hinzu. »Mein Ausweis ist bei dem da!« Mit dem Kinn zeigte sie auf den jungen Zivilisten. »Sieh ihn dir an und lerne, wer ich bin! Es reicht mir aber, ich will nicht mehr belästigt werden!«

»Wir belästigen niemanden, junge Frau. Aber Sie versuchen immer wieder, uns zu belästigen. Bitte hören Sie damit auf! Wir haben das Recht, jede Wohnung eines Ausländers, der seine Arbeits- und Aufenthaltsgenehmigung durch Heirat mit einem Deutschen bekommen hat, jeder Zeit zu durchsuchen. Verstehen Sie?«

Mehmet saß wie betäubt neben Ilona, halb nach vorn gebeugt. Er zitterte bis zu den Lippen und konnte kein Wort sagen. Seine Augen wanderten hin und her, blieben bei dem stehen, der gerade redete. Aber er bewunderte Ilonas Mut.

Sie ließ sich nicht einschüchtern. »Sagt mal, was habt ihr denn gesucht? Und was wolltet ihr eigentlich finden?«

Der ältere Zivilist ging wieder an seine Arbeit.

Der junge Zivilist lachte laut und sagte: »Haben Sie immer noch nicht kapiert? Trotzdem sage ich es noch einmal: Wir suchen Sachen, die einer Frau gehören. Zum Beispiel ein Kleid, eine Unterhose oder ein Nachthemd. Ein paar Schuhe, ein Kamm, ein Büstenhalter oder ein paar Socken.«

Ilona grinste. »Willst du die unbedingt sehen?«

»Na klar. Aber Sie haben nichts.«

»Doch, ich hab alles.«

»Wo denn?«, fragte er gelassen.

»Was ich habe, ist alles hier. Ich habe alles an! Soll ich mich hier etwa ausziehen?«, antwortete Ilona spöttisch.

Der junge Beamte schüttelte den Kopf vor Wut und wandte sich den anderen zu. »Habt ihr solch einen unverschämten Scherz schon mal gehört? Sie will sich über uns lustig machen!«

»Ich mache keinen Scherz, Bulle! Wir sind arme Leute, wir können uns nichts anderes leisten! Was ich gesagt habe, entspricht der Wahrheit!«, erwiderte Ilona. Sie beugte sich zu Mehmet, nahm sein Gesicht in ihre Hände und gab ihm einen heißen Kuss. Nachdem sie sich wieder aufgerichtet hatte, fügte sie hinzu: »Hat einer von euch immer noch Zweifel, dass das hier mein Mann ist? Ich warne euch, meine Herren! Wenn ich will, gehe ich mit ihm auch gleich ins Bett! Hier ist meine Wohnung! Habt ihr verstanden?«

»Bravo!«, sagte der verärgerte Polizist und klatschte. »Nein, vielen Dank. Wir haben keine Lust, pornografische Darstellungen anzuschauen. Wir sind fertig mit Ihren Vorstellungen. Aber Sie, Herr Demir, Sie kommen mit uns mit.«

Ilona stand zornig auf, stellte sich vor Mehmet und schrie: »Was hast du gesagt? Soll mein Mann mit dir mitkommen? Nur über meine Leiche! Ohne einen richterlichen Beschluss kannst du ihn nirgendwohin mitnehmen! Wenn du kannst, komm, hol ihn selber!«

»Sie gehen zu weit, junge Frau!« Der ältere Zivilist warnte von Weitem. »Wenn Sie so weitermachen, müssen wir Sie auch mitnehmen!«

Ilona streckte ihre Hände nach vorne und brüllte: »Na komm, leg mir doch Handschellen an! Du kannst mir auch die Füße festbinden und mich prügeln! Ich hab keine Angst vor euch!«

Der junge Zivilist sah Ilona wütend an. »Alles Theater, alles! Mit diesem Radau wollen Sie nur Ihre Scheinheirat vertuschen! Ich weiß genau, Sie sind zufällig hier!«

Ilona wusste, dass sie nachgeben würden. »Woher weißt du das? Bist du ein Wahrsager? Ich wiederhole noch mal: Ich lebe hier und besitze nichts als das, was ich anhabe! Wenn meine Wäsche schmutzig wird, wasche ich sie abends und ziehe sie am nächsten Tag wieder an. Habt ihr was dagegen?«

»Tja! Da hängt Ihre Wäsche, nicht wahr?«

»Na und? Ich hab ja gesagt, die wasche ich immer abends! Kapiert?«

Der ältere Zivilbeamte, der Einsatzleiter zu sein schien, packte das Protokoll und die übrigen Papiere aus und sagte kopfschüttelnd zu Mehmet: »Warten Sie ab, Herr Demir, es dauert nicht lange. Sie bekommen in Kürze ein Schreiben von uns – und bereiten Sie sich vor. Sie werden auf jeden Fall ausgewiesen. Aber Sie, Frau …, wie auch immer Sie heißen, auch wenn Sie sich Frau Demir nennen wollen, können Sie ihm nicht mehr helfen! Und noch etwas! Ihr blödes Theater hier und die Beamtenbeleidigung stehen auch im Protokoll. Auf Wiedersehen.«

»Aber nicht wieder hier!«, sagte Ilona und lachte laut. »Wir sehen uns vor Gericht, ich werde euch verklagen! Ihr habt uns beleidigt. Hausfriedensbruch begangen, Menschenrechte missachtet! Morgen nehme ich mir einen Anwalt!«

Nachdem sie die Wohnung verlassen hatten, knallte Ilona die Tür zu und kam zu Mehmet. »Keine Angst, Mehmet, ich lass dich nicht allein. Unter meinen Freunden gibt's auch Anwälte. Du brauchst dafür nichts zu zahlen, sie werden dich verteidigen, ohne einen Pfennig zu verlangen. Morgen komme ich wieder und bringe auch ein paar Sachen mit. Du hast ja gesehen, was die Bullen suchten.«

Mehmet, immer noch erschrocken, bekam kein Wort heraus, nicht mal ein »Dankeschön«. Er zog seine Brieftasche hervor und gab sie ihr. Petra machte die Brieftasche auf, nahm diesmal nur einen 20-Mark-Schein und ließ sie auf dem Tisch liegen.

»Bis morgen, Mehmet!« Sie klopfte auf seine Schultern, streichelte seine schwarzen lockigen Haare. Bevor sie die Tür zuzog, winkte sie mit der rechten Hand und sagte: »Tschüss, Mehmet!«

»Nimm dir mehr, mehr!«, wollte Mehmet schreien und seine Brieftasche zeigen. Sein Mund war wie zugeschweißt. Nachdem sie weg war, atmete er tief durch, und vor Bewunderung biss er sich auf die Unterlippe. »Du warst wie ein Mann, Ilona, mehr als ein Mann!«

Der Meister

Ein hohläugiger Riesenkerl öffnete die Tür. Er erkannte einen der beiden Männer. Sein viereckiges Gesicht und seine Kartoffelnase verbreiterten sich zu einem Lächeln. Ohne ein Wort zu sagen, ließ er sie rein. Er machte die Tür wieder zu und zeigte ihnen zwei Stühle, die nebeneinander an der Wand standen. Schleppend ging er in ein Zimmer und verschwand.

Die beiden saßen nebeneinander und der Kleinere flüsterte dem Größeren ins Ohr: »Hast du ein Zimmer von einem Hodscha schon einmal gesehen?«

»Noch nie«, antwortete der andere und ließ seine Blicke umherwandern.

Es war ein kleiner und durch zwei große Fenster heller Salon. An den weiß gestrichenen Wänden hingen mehrere goldgerahmte Kalligrafien, in der Mitte prunkte ein ovaler Tisch, auf dem eine Vase mit frischen bunten Rosen, eine halb volle Wasserkaraffe und zwei Gläser standen. Still warteten hier drei Menschen: ein magerer dunkelhaariger Knabe mit sprießendem Schnurrbart, neben ihm ein zierliches Mädchen im Pubertätsalter, gegenüber ein Mann mit weißem, langem Schnurrbart.

»Später wirst du sehen, Dursun. Er ist auch ein sehr moderner Mensch. Du kannst ihn mit den gewöhnlichen Hodschas nicht vergleichen. Wenn du ihm auf der Straße begegnest, würdest du denken, er wäre ein Landrat oder Richter.«

»Ich glaube dir, Kadir.«

»Ich hab ja gesagt, ich kenne ihn persönlich. Jeden Tag

bringe ich Leute hierher. Nicht nur die Bauern, auch die Gebildeten. Sein Ruf ist bis nach Izmir, Ankara und Istanbul gelangt. Er ist nicht nur ein moderner Mensch, sondern auch ein gebildeter Mann. Aber keiner weiß, wo er herkommt. Einige sagen, dass er ein Pascha oder Botschafter gewesen sei. Andere glauben, dass er aus Ägypten stammt. Wenn du mich fragst, muss er ein hoher Offizier gewesen sein: ein Soldat, wie er im Buch steht, streng und diszipliniert.«

Als es klingelte, kam der Riese aus seinem Zimmer, ging an die Haustür und brachte einen alten Mann und einen kleinen Jungen mit. Nachdem er ihnen ihre Sitzplätze gezeigt hatte, öffnete sich eine der Türen des Salons, und es erschienen zwei Frauen, die viele goldene Armbänder, Halsketten und feine Kleidung trugen. Die Jüngere war in Weiß gekleidet: ein Gabardinerock, eine Bluse aus Seide und ein Paar Stöckelschuhe. Sie zog eine schwarze Brille aus der Handtasche und versteckte sofort ihre Augen dahinter. Die Ältere hatte schwarze Kleider an: weit ausgestellte Hose aus blankem Stoff, seidene Bluse und Kopftuch. Der Riese begleitete sie bis zur Tür. Bevor sie gingen, drückte die ältere Frau Geld in seine Hand. Er steckte es in seine Hosentasche und kehrte in sein Zimmer zurück.

»Es wird langsam voll hier.«

»Warte ab«, sagte Kadir lächelnd. »Durch meine Taxifahrerei bin ich ein Menschenkenner geworden. Wer welchen Kummer hat, weiß ich sofort durch den Gesichtsausdruck. Sieh dir zum Beispiel diesen Jungen und das Mädchen an. Sie sind bestimmt frisch verheiratet. Der arme Junge sitzt wie ein begossener Pudel da. Ich wette, dass er in der Brautnacht seine Aufgabe nicht geschafft hat. Sie wollen bestimmt ein Amulett machen lassen, damit sein Vogel wieder fliegen kann.«

»Du bist aber ein Wahrsager«, kicherte Dursun.

»Wetten, um eine Flasche Raki?«

»Nein, nein. Aber du kannst von mir eine Flasche bekommen.«

»Mensch, das war nur Spaß. Du bist ja mein Gast, bei uns geht es ganz zwanglos zu. Aber glaub mir, meine Vermutungen treffen immer zu. Wie zum Beispiel bei diesen zwei Frauen, die gerade weggegangen sind, das waren Mutter und Tochter. Ich weiß ganz genau, dass sie wegen des Bräutigams hierhergekommen sind.«

»Wie kommst du darauf?«

»Erfahrung«, flüsterte er grinsend. »Weißt du, innerhalb eines Jahres wurden hier in der kleinen Stadt zwei Nachtlokale eröffnet. Alle jungen Männer, ob arm oder reich, sind Nachtvögel geworden. Ihr Mann muss auch einer davon sein und sie wollen ihn bestimmt wieder zu seiner Frau holen.«

»Vielleicht hast du Recht. Ihr Taxifahrer trefft jeden Tag viele Leute. Ihr müsst wirklich Menschenkenner sein. Mein Schwager ist ja auch einer von euch.«

»Ja«, entgegnete der Taxifahrer und seufzte. »Im Dorf blieb keine andere Arbeit mehr, Dursun. Viele haben ihren Weinberg, Garten oder Acker verkauft und sich stattdessen ein Auto beschafft. Und sie wurden Taxifahrer. An jeder Ecke gibt es einen Taxistand. Wenn du aber keine festen Kunden hast, bist du schlecht dran. Viele arbeiten nur für das Benzin. Na ja, ihr Deutschländer habt ja eure Schäfchen im Trockenen.«

»Ach, nicht alle«, murmelte Dursun kurz, wollte aber etwas anderes wissen: »Triffst du ihn öfter?«

»Du meinst deinen Schwager. Nein, er arbeitet nicht an unserem Stand. Aber als er letzte Woche vorbeikam, hat er alle begrüßt, nur mich nicht. Er weiß ja, dass wir Blutsbrüder sind. Er ist mit mir auch böse. Mach dir aber keine Sorgen, er weiß nicht, dass du ins Dorf gekommen bist.«

»Vielleicht hat er es von jemandem gehört.«

»Das kann sein, aber nicht von mir.«

»Kadir, sag bitte später keinem, dass ich hier gewesen bin.«

»Ich bin doch nicht verrückt, Dursun. Wir sind Blutsbrüder.«

»Ich weiß und glaube dir von ganzem Herzen. Ich hab das nur so dahingesagt, Kadir. Außer dir habe ich doch hier niemanden. Ohne deine Hilfe hätte ich nie etwas erreichen können. Ich werde deine Hilfe nie vergessen«, sagte Dursun. Er nickte und seufzte nachdenklich.

Seine Frau war von zuhause weggelaufen und hatte ihren fünfjährigen Sohn mitgenommen. Als Dursun von der Arbeit nachhause kam, war sie nicht mehr da. Er hatte bei allen Nachbarn und Bekannten nachgefragt, keiner wusste von ihr. Bevor er zur Polizei ging, rief er Kadir an und erfuhr, dass sie sich im Dorf aufhielt. Er bekam eine Woche Urlaub und flog dorthin, doch sie war schon wieder weg. Niemand wusste, wohin. Dursun wollte mit seinem Schwager reden. Doch Kadir riet ihm davon ab, um Streit zu vermeiden. Er sagte: »Ich kenne einen Hodscha, der dir helfen kann. Er findet vermisste

Leute und auch gestohlene Schmuckstücke.« Dursun kam mit ihm hierher.

Der Mann, der mit dem kleinen Jungen gekommen war, neigte sich zu Dursun hinüber und flüsterte: »Glaub mir, junger Mann, ich konnte nicht schlafen, bis er mich heilte; nun kann ich so fest schlafen, dass ich eine Bombe nicht hören würde, selbst wenn sie neben mir explodierte. Diesmal habe ich meinen Neffen mitgebracht. Er ist Bettnässer. Sein Vater brachte ihn zu mehreren Ärzten, doch keiner konnte ihm helfen. Ich glaube fest an die Heilkraft des Amuletts, wenn es an seinem Hals hängt, wird er sofort geheilt.«

»Ich glaube Ihnen«, flüsterte Dursun.

»Sein Wissen ist so groß wie der Ozean. Er fürchtet sich vor niemandem und arbeitet wie ein Doktor. Ein Staatsanwalt wollte ihn einmal von hier fortjagen, musste aber in einer Nacht zu ihm kommen und sich bei ihm entschuldigen. Weißt du warum?«, fragte er und gab die Antwort selber: »Er hat einen Zauber geschrieben und der junge Staatsanwalt wurde zum Kastraten. Der Hodscha verzieh ihm und kurierte ihn. Und das sogar in derselben Nacht. Ja, er ist wie ein Heiliger.«

»Sie sind dran.«

Kadir stand hastig auf und folgte dem Riesen, Dursun ging hinterher. Hinter einem prächtigen Tisch saß ein Mann, der den Kopf nach vorne geneigt hatte und in einem dicken Buch las. Er trug ein kurzärmeliges, hellblaues Hemd mit offenem Kragen, seine rote Krawatte war gelockert. Seine langen grauen Haare hatte er sorgfältig nach hinten gekämmt und den kurzen Vollbart meisterhaft gestutzt. Als wäre er ein hoher Beamter. Man konnte gar nicht glauben, dass dies der Hodscha war. Kadir hatte wieder Recht gehabt.

»Wer ist das?«, fragte der feine Mann den Taxifahrer, ohne seinen Kopf zu heben, und zeigte auf die vor seinem Tisch stehenden Stühle.

»Mein Blutsbruder, aber er ist wie ein leiblicher Bruder. Wir haben keine Zeit gehabt, einen Termin zu machen«, antwortete Kadir, gab einen Stuhl seinem Blutsbruder und setzte sich neben ihn.

Der Hodscha hob den Kopf, betrachtete Dursun und nickte. »Na gut. Wenn es so ist, tue ich dem Taxifahrer einen Gefallen. Er weiß, dass ich vor lauter Arbeit kaum aus den Augen sehen kann«, sagte er gelassen, schob das Tablett, das auf dem Tisch lag, in Dursuns Nähe. »Such dir den Anfangsbuchstaben deines Namens heraus und wirf ihn ins Wasser.«

Dursun richtete seinen Blick auf das runde Tablett aus Kupfer. Darauf standen eine Schüssel halb voll mit Wasser, daneben Kaffeetassen, worin sich die Buchstaben befanden. Er suchte scheu und zögernd das D, fühlte sich dabei aber wie der Schüler, der seine Hausaufgaben nicht gemacht hat. Sein Herz hämmerte gegen die Rippen und Schweiß tropfte von seiner Stirn. Nach langer Suche merkte er, dass die Buchstaben der Reihe nach geordnet waren. Er holte das D mit Daumen und Zeigefinger heraus und warf es in die Schüssel.

Leicht nach vorn schwankend murmelte der Hodscha arabische Worte. Dursun wischte mit der Hand den Schweiß von der Stirn, beobachtete ihn angstvoll und aufgeregt und wartete, ohne ein Wort zu verstehen.

»Komm näher und beug deinen Kopf herunter!«

Er folgte der Aufforderung und fühlte die Last seiner Hand auf dem Kopf. Als wären sein Herz größer und seine Brust kleiner geworden, konnte er mit einem Mal nicht richtig atmen, während sein ganzer Körper plötzlich anfing zu zittern. Nachdem er gemerkt hatte, dass die Last von seinem Nacken gewichen war, hob er den Kopf. Seine Augen brannten und begannen zu tränen. Er schaute sofort woandershin und senkte seinen Kopf.

»Steck den Zeigefinger deiner rechten Hand ins Wasser!«

Dursuns Herz pochte wieder wie wild und er zögerte einen Moment. Als wäre er jemand, der ins Wasser tauchen sollte, ohne schwimmen zu können. Er machte die Augen zu und steckte seinen zitternden Finger in die Schüssel. Sogleich brachten ihn seine Gedanken zurück in die Kindheit. Er befand sich bei einem alten Mann, der mit gekreuzten Beinen vor ihm saß, und befahl: »Sag mir, was du da siehst! Ich weiß, du siehst viele kleine Leute wie Ameisen, die eine Robe und einen Turban tragen.« Dursun stand auf und lief weg. Gerade jetzt wollte er dasselbe tun, konnte es aber nicht. Er öffnete seine Augen, sah das große D an und schloss die Augen gleich wieder.

»Dursuuuun!«

Er erschrak und glaubte, die Stimme käme aus dem Wasser.

»Mir ist bekannt, dass du Dursun heißt!«

Es handelte sich um die Stimme des Hodschas, der weiterredete: »Du kommst aus dem Ausland hierher. Aus Deutschland. Du bist ein armer Kerl, der alles verloren hat. Ja, alles. Erst deine Eltern, und zwar in Jugos…«

Als stünde Dursun auf Dornen, stand er hastig auf und schnitt ihm das Wort ab: »Ja, mein Hodscha! In Jug…«

»Setz dich hin und steck deinen Finger wieder ins Wasser! Und versuche nie wieder, mir das Wort abzuschneiden! Und noch etwas: Du sollst mich nicht Hodscha, sondern Meister der Wissenschaft nennen! Hast du verstanden?«

Er stürzte sich auf seinen Stuhl und ließ den Kopf sinken. Schläfrig murmelte er: »Jawohl, Meister der Wissenschaft«, und steckte den Zeigefinger erneut ins Wasser.

»Ja, deine Eltern sind in Jugoslawien gestorben. Allah schenke ihnen ewige Ruhe. Und diesmal hast du deine Frau und auch deinen Sohn verloren. Beiden geht es aber gut. Keine Sorge, sie befinden sich in Sicherheit. Und nun erwartest du von mir, sie zu finden. Hm … aber du trägst die alleinige Schuld, mein Lieber. Du hast ihr dauernd große seelische Schmerzen zugefügt. Und noch andere unvorstellbare Sachen. Verstehst du, was ich meine?« Er richtete seine stechenden Blicke auf Dursun. »Schämst du dich nicht für das, was du getan hast?«

»Ja«, gab Dursun zu, »ja, Meister der Wissenschaft.« Er war verblüfft, sogar schockiert. Der Mann wusste alles, bestimmt auch das, was in seinen vier Wänden passiert war. Er musste ein Teufel oder ein Engel sein. Wenn Kadir ihn nicht hierher gebracht hätte, würde er glauben, dass er alles von jemand anderem gehört hatte. Ihm wurde klar, dass der Meister über sein Leben Bescheid wusste. Dass er seine Frau geschlagen hatte, dass er öfter betrunken nachhause gekommen war, dass er seine Frau aus dem Schlaf geweckt und gezwungen hatte, seine mitgebrachten Pornokassetten anzusehen und nachzumachen. Gott möge dem Meister seine gute Tat belohnen, dass er nicht alles gesagt hatte, was er wusste. Er musste ein Heiliger sein. Ja, ein Heiliger.

Schluchzend murmelte Dursun: »Ich bereue und schäme mich, Meister. Sie haben Recht, ich habe ihr viel Böses angetan. Aber nicht nach meinem Willen, und ich weiß auch nicht, warum. Wenn ich sie sah, war es, als hätte ich ein … ja, ein Schwein gesehen. Sie ekelte mich an. Bitte helfen Sie mir, die beiden zu finden, Meister der Wissenschaft.«

»Es reicht mir, wenn du nur Meister sagst. Hm … ich weiß auch, dass du kein schlechter Mensch bist. Du bist verhext worden, sogar mit sehr gefährlichen Dingen. Eine davon ist Knochenzauberei. Sie tötet deine innere Ruhe. Eine andere ist Seifenzauberei, die dich zum Schmelzen bringt wie eine Seife, Tag und Nacht.«

»Jawohl, mein Meister! Ich wog dreiundachtzig Kilo, jetzt wiege ich siebzig!«

»Du bist gerade noch rechtzeitig zu mir gekommen. Aber ich brauche dafür viel Zeit. Und das ist eine anstrengende Arbeit«, sagte er halblaut und überlegte nachdenklich.

Dursun murmelte scheu: »Ihre geleistete Arbeit wird natürlich belohnt, sehr geehrter Meister.«

»Nein, nein, mein Sohn! Das Geld ist unwichtig. Wichtig ist die Zeit. Und ich brauche dazu Kraft, um den magischen Bann zu brechen. Na, was sagst du, Taxifahrer?«

»Bitte, bitte, mein Meister«, sagte Kadir vor sich hinmurmelnd.

»Na gut, meinetwegen«, erwiderte der Meister kopfschüttelnd. Er sah Dursun an und fuhr fort: »Und du,
mein Junge, hör mir gut zu! Ich mag dich wie meinen
eigenen Sohn. Aber es liegt alles an dir. Ich stelle einige
Bedingungen.«

»Zu Befehl, mein Meister!«

»Sehr gut. Erstens, du mischst dich nicht in meine
Arbeit ein. Zweitens, was ich dir sagen werde, musst du
bedingungslos tun. Drittens, du musst Geduld haben
und abwarten. Wenn du meine Bedingungen erfüllen
willst, kann ich die Arbeit annehmen und dir helfen.
Überleg dir genau und antworte mir.«

»Ja, mein Meister«, antwortete Dursun, ohne zu überlegen. »Ja, ich werde alles tun, was Sie von mir verlangen.« Er hob den Kopf, sah ihn an und wunderte sich:
Er konnte ihm schon in die Augen schauen. Seine er-
schreckenden und stachligen Blicke waren nicht mehr
da, seine Augen strahlten Liebe und Vertrauen aus und
streichelten Dursuns Gesicht. Er seufzte, holte tief Luft
und richtete sich auf. Er war heiter, froh und fühlte sich
wie neugeboren.

»Ihre Hilfe werde ich nie vergessen, mein Meister! Gott
gebe Ihnen ein langes Leben! Gott behüte Sie! Ich werde
Sie wie einen Vater achten!«

»Ausgezeichnet! Diese Ehre gewähre ich nicht jedem,
aber dir erlaube ich, mich von nun an Vater zu nennen.«

»Danke, Meister! Danke, Vater!«

»Morgen kommst du wieder und holst das Amulett
ab. Und vergiss nicht, eines deiner Unterhemden mitzu-

bringen!«, befahl der Meister, sitzend gab er ihm seine Hand.

Dursun stand manierlich auf, nahm die ausgestreckte Hand, küsste sie mehrmals und brachte sie an seine Stirn. »Allah behüte Sie, mein Meister! Allah behüte Sie!« Er verbeugte sich und fragte: »Was schulde ich Ihnen?«

»Das ist unwichtig, mein Sohn, das ist unwichtig. Es reicht für einen Vater, wenn er von seinem Sohn Verehrung und Respekt bekommt. Du brauchst nichts zu zahlen.«

»Ich schulde dir mein Leben! Bitte sag mir, wie viel? Damit mein Herz Ruhe findet.«

»Nein, mein Sohn. Man schuldet sein Leben nur Gott. Du schuldest mir überhaupt nichts. Aber wenn du deinem Vater etwas schenken willst, lass ein paar Mark da und gehe. Morgen sehen wir uns wieder. Allah beschütze dich.«

»Dich auch, Vater!« Er drehte sich zu Kadir und zog den Mundwinkel zur Seite, womit er fragen wollte, wie viel bezahlt werden sollte. Nachdem er dessen drei Finger gesehen hatte, nahm er drei blaue Hunderter aus seiner Brieftasche. »Bitte, Vater«, sagte er und steckte sie unter das Tablett. Sich verbeugend verließ er das Zimmer. Kadir folgte ihm.

*

Wieder in Deutschland erhielt Dursun vom Meister eine Nachricht und erfuhr, dass das Schriftstück der Seifenzauberei irgendwo in seiner eigenen Wohnung versteckt sei. Daraufhin durchkämmte er die Wohnung von oben bis unten, fand aber nichts. Es blieb nur noch die Möglichkeit, dass der Meister selbst hierherkommen und sie finden musste. Nachdem Dursun ihm ein Flugticket und die nötigen Unterlagen geschickt hatte, fing er an, ungeduldig die Tage zu zählen. Jeden Tag öffnete er hastig den Briefkasten und schaute nach seiner Post. Heute war endlich sein Brief dabei, sogar ein dicker Umschlag. Er eilte über die knirschende Holztreppe hinauf in den dritten Stock, schloss die Wohnungstür auf, warf seine Tasche in die Ecke und öffnete den Umschlag mit zitternden Händen. Ein Brief und ein geschlossener Umschlag fielen heraus.

Er las zunächst den Brief: »Mein lieber Sohn Dursun. Ich habe deinen Brief und die mitgesandten Unterlagen erhalten und mich sehr gefreut. Wenn ich das Visum habe, werde ich dich gleich benachrichtigen. Aber wie gesagt, ich habe sehr wenig Zeit und kann leider nicht länger bleiben. Nun die Neuigkeiten:

Ich war in eurem Dorf und habe an dem Haus deiner Schwiegereltern zwei Zaubersprüche versteckt. Der eine ist für deine Frau, der zweite für ihren Vater. Du brauchst an deine Frau nicht mehr zu schreiben. Keine Sorge, mein Sohn, durch diesen Zauberspruch wird sie von selbst zu Dir kommen. Du musst Geduld haben. Und was ihren Vater angeht, musste ich auf ihn und seine Frau Druck ausüben. Damit sie ihre Tochter nicht mehr halten können. Also habe ich ihn ›knoten‹ müssen. Ein ›Gordischer Knoten‹, den außer mir keiner lösen kann. Dann habe ich ihn zu mir bestellt und ihm Bescheid gegeben, was ich mit ihm gemacht habe. In allen Tönen hat er mich angefleht, aber ich sagte ihm: ›Nein.

Der Knoten wird nur gelöst, wenn Kezban wieder bei Dursun ist.‹

Außerdem habe ich dir ein Heilmittel geschickt, als Ersatz für dein Amulett. Bevor du den Umschlag aufmachst, musst du dreimal Bismillah sagen. Und noch etwas: Du musst alle deine Anzüge, auf denen du Schweinefett findest, zur Reinigung bringen.

Glückliche Tage erwarten dich, mein Sohn. Allah möge dir Gesundheit und Kraft verleihen! Ich küsse deine Augen.«

Dursun atmete tief durch und rannte in die Küche. Er mixte sich ein Glas Whisky mit Wasser und kam wieder ins Wohnzimmer. Dann zündete er sich eine Zigarette an, trank seinen Whisky in kleinen Schlücken, schaute dem aufsteigenden Rauch nach und dachte an seinen Schwiegervater. Er kannte den »Knoten«, erinnerte sich gut an dessen Schmerz, weil er auch darunter gelitten hatte. In der Brautnacht und den folgenden drei Tagen war er impotent gewesen. Er hatte am ersten Tag sogar an Selbstmord gedacht. Wenn da nicht Kezban gewesen wäre, die sein Leben gerettet hatte. Sie hatte sich klug benommen, ihr Bein aufgeritzt, das Bettlaken mit Blut befleckt und so die Frauen getäuscht, die draußen auf das blutige Bettlaken als Beweis ihrer Jungfräulichkeit warteten. Nachdem seine Oma ihm von einem Hodscha ein Amulett gebracht hatte, klappte es.

»Na, Ahmet Aga! Am gleichen Tag hast du es probiert, nicht?«, sagte er laut und lachte schrill. Er nahm den geschlossenen Umschlag in die Hand, sprach Bismillah und öffnete ihn. Darin steckte ein grünes Pulver in einem kleinen Plastikbeutel, ungefähr ein Esslöffel voll. Er las die Beschreibung: In einem Glas Wasser auflösen, drei »Gulhuvallah« und ein »Elham« aussprechen und alles auf einmal austrinken! Dann im Bett liegen und diesen Spruch wiederholen: Ich lege mich auf meine rechte Seite, drehe mich um, suche mir Schutz bei Allah und bitte um die Engel als Zeugen meines Glaubens!

Dursun roch an dem Pulver, konnte aber nicht feststellen, woraus es bestand. Er ging abermals in die Küche, holte ein Glas Wasser, einen Löffel und löste das Pulver auf. Er leckte den Löffel ab und spürte den ascheähnlichen Geschmack. Es konnte keine gewöhnliche Asche sein, sondern ein pflanzliches Heilmittel. Als er den schwimmenden Schaum und den untergehenden Bodensatz ansah, bekam er Angst. Schreckliche Angst sogar. Es war spät in der Nacht. Wenn etwas passieren würde, könnte ihm keiner helfen. Er stand unruhig auf, öffnete das Fenster und schaute hinüber zu den unbeleuchteten Nachbarhäusern. Tief sog er die kalte, frische Luft ein und schloss das Fenster wieder. Ein Teufel schien in ihn eingedrungen zu sein und brachte eine Todesangst mit. Er sah die beiden Gläser an. Nach langem Überlegen wählte er noch einmal das Whiskyglas und trank mit großen Schlucken. Obwohl er vom Meister nichts Schlechtes erwartete, konnte er sich von seiner Angst nicht befreien.

»Ach, Schweinefett!«

Er zog eilig seine Hose aus, brachte sie ans Licht und suchte Fettspuren.

»Ahaa!«, schrie er, nachdem er einen rotbraunen Fleck an einem Hosenbein gefunden hatte. Er warf sie hin und lief ins Schlafzimmer, wo er all seine Hosen und Jacken auf den Fußboden verstreute und einzeln überprüfte. Auf den Ärmeln der zwei Jacken und an drei Hosen, die er in den Urlaub mitgenommen hatte, fand er ähnliche Flecken. Es schien tatsächlich an der Geschicklichkeit seiner Schwiegermutter zu liegen, dieser Hexe. Der Meister hatte Recht. Die Zeit, ein Angsthase zu sein, musste beendet werden. Er kehrte erleichtert ins Wohnzimmer zurück und betrachtete den Pulvertrank. Er sagte drei Gulhuvallah und ein Elham auf, nahm das Glas und trank es leer. Nun konnte er ohne Angst schlafen gehen.

Im Schlafzimmer lag ein Bilderrahmen auf der Kommode. Er stellte ihn gerade hin und sah ihn erstaunt an. Es war ihr Hochzeitsbild. Nachdem Kezban beim Friseur gewesen war, waren beide zusammen zum Fotografen gegangen und hatten sich ablichten lassen. Kezban, die ihm bis zum Kinn reichte, trug ein weißes Brautkleid. Dursun stand hinter ihr in einem marineblauen Anzug und weißer Krawatte, umarmte sie und schaute mit einem lächelnden Gesicht über ihre Schultern.

Er nahm das Bild in die Hand, betrachtete ihre vollen Lippen. Sie sah sehr reizvoll aus. Er legte sich auf das Bett, las das Gebet vor, schloss die Augen und dachte an sie.

Mit Erstaunen vernahm er plötzlich, dass die Tür aufging. Er schlug seine Augen auf. Da stand eine Frau, deren schwarze lange Haare auf ihre Schultern fielen. Dursun richtete sich auf seine Ellenbogen auf. Er konnte seinen Augen nicht glauben.

Aus seinen Lippen formten sich die Worte: »Du, Kezban? Bist du es?«

»Ja, ich bin's.«

»Das kann nicht wahr sein!«

»Doch! Ich bin zu dir gekommen!«

»Ich dachte, du würdest nie wiederkommen!«

»Ja, schon. Aber ich konnte nicht ohne dich leben.«

Er stellte sich gerade auf und streckte seine Arme zu ihr aus. »Komm, komm in meine Arme, Kezban! Dank dem Allah, dass du wieder da bist! Verzeih mir, was ich dir angetan habe.«

»Was geschehen ist, habe ich vergessen, Dursun«, flüsterte Kezban und lächelte. Ihre weißen Zähne schienen wie Perlen. Langsam ließ sie ihr Nachthemd auf den Boden sinken.

Sie ging zu ihm und setzte sich auf seinen Schoß. Wie ein Stück Glut war sie. Kezban brannte und ließ Dursun mitbrennen. Sie wiederholte ihre Liebe schreiend, streichelte und küsste ihn. Dursun ging auf sie los wie ein verhungerter Wolf. Er presste sie in seine Arme, nagte und biss zu. Er schluchzte.

Es klingelte.

Er schlug seine Augen auf. Sein Kopf erschien ihm wie ein großer Kessel und sein ganzer Körper tat ihm weh, als wäre er mit einem Stock geschlagen worden.

Es klingelte weiter.

Mühsam stand er auf, lief ins Wohnzimmer und nahm den Telefonhörer ab. »Hallo!«

»Dursun?«

»Ja. Wer bist du?«

»Bekir. Hast du meine Stimme nicht erkannt?«

»Ja, ja. Jetzt schon. Was ist denn los, Bekir?«

»Was soll denn los sein? Der Chef will wissen, ob du heute zur Arbeit kommst? Seit drei Stunden versuchen wir dich schon erfolglos zu erreichen! Wo steckst du denn?«

»Sag mal, wie spät ist es jetzt?«

»Sieben Uhr abends.«

»Was?«

»Na klar! Was ist denn los mit dir, Dursun?«

»Ach, lass das! Ich erzähl dir später alles. Bis dann«, murmelte Dursun und legte den Hörer auf. Die Stirn reibend sammelte er seine Sachen und dachte nach: Als er ins Bett gegangen war, hatte die Uhr Mitternacht geschlagen. Und nun war es sieben Uhr abends des nächsten Tages. Was war bloß in diesem Pulver gewesen? Nein, nein! Vielleicht hatte er zu viel Whisky getrunken.

Er ging in die Küche, holte den Orangensaft aus dem Kühlschrank und trank aus der Flasche. Dann kam er langsam zu sich. Er erinnerte sich an Kezban. Lächelnd murmelte er halblaut vor sich hin: »Ach Meister, ach! Du bist unglaublich!«

Er zog den Mantel an und rannte auf die Straße.

*

Als der Meister der Wissenschaft bei Dursun in Berlin angekommen war, hatte er den »Seifenzauber« gleich am nächsten Tag gefunden und am Abend Dursun gezeigt. Er steckte hinter dem Bett zwischen Tapete und Zierleiste. Dursun hatte sich sehr gefreut, war aber nicht überrascht gewesen. Weil er wusste, dass solch ein Zauber nur von einem Meister gefunden werden konnte.

Der ehrenwerte Gast schlief im Wohnzimmer auf der Couch. Obwohl Dursun ihn mehrmals aufgefordert und gebeten hatte, im Schlafzimmer zu schlafen, lehnte der Meister sein Angebot mit den Worten ab: »Nein, mein Sohn. Kein Mann darf in deinem Ehebett schlafen. Auch wenn er dein leiblicher Vater wäre.«

Weil sich alle Türen der Wohnung zum Wohnzimmer öffneten, musste Dursun sich auf Zehenspitzen bewegen, damit der Meister nicht gestört wurde. Obwohl er von der Arbeit erst tief in der Nacht nachhause kam, wachte er sehr früh auf, brachte frische Brötchen vom Bäcker und bereitete das Frühstück vor. Heute war er bereits fertig, trank Tee, rauchte eine Zigarette und wartete auf ihn. Jeden Tag nach dem Frühstück gingen sie woanders hin. Sie hatten Museen und historische Orte besichtigt. Der Meister wusste über alles viel besser Bescheid. Er erzählte ihm über Geschichte, Dichter und Politiker. Seine umfassenden Kenntnisse verblüfften Dursun. Sie waren den ganzen Vormittag unterwegs. Danach kehrten sie entweder in ein türkisches Restaurant oder Café ein oder gingen in ein Kaufhaus. Der Meister stand auf italienische Marken. Dursun zückte seine Brieftasche und zahlte. Schnell verbreitete sich die Nachricht, dass er einen ehrenhaften Gast bei sich beherbergte. Menschen, die Kummer hatten und keinen Ausweg fanden, kamen zu ihm. Er sagte zwar jedes Mal, dass er keine Zeit habe und in ein paar Tagen gehen müsse, aber er konnte seine Hilfe nicht versagen oder verweigern und musste seine Rückkehr immer wieder verschieben. Die Leute zeigten sich sehr freigebig. Was Dursun ihnen ins Ohr flüsterte, gaben sie in seine Hand, ohne Wenn und Aber.

»Guten Morgen, mein Sohn!«

Dursun drückte sofort seine Zigarette im Aschenbecher aus und antwortete: »Guten Morgen, Vater!«

Der Meister war für Dursun kein entsetzlicher Mensch mehr, sondern ein ehrwürdiger, aber strenger Vater. Dursun durfte bei ihm nicht rauchen. Der Meister hatte es ihm nie verboten, doch einmal hatte er seine Stirn gerunzelt und laut gesagt: »Mein Sohn, denk an deine Gesundheit!«, und es war erledigt.

Als der Vater lächelnd auf die Toilette ging und dann frisch ins Wohnzimmer zurückkehrte, war alles aufgeräumt, und das Frühstück stand auf dem Tisch mit Marmelade, Käse, Oliven, Butter, Orangensaft und schwarzem Tee. Zunächst nahm der Meister am Tisch Platz, dann erst setzte sich Dursun ihm gegenüber.

Der Meister sah ihn an und sagte lächelnd: »Na, ich merke, dass du großen Appetit hast.«

»Ja, Vater. Seitdem du den Seifenzauber gefunden und gelöst hast, habe ich großen Appetit. Allah möge dir ein langes Leben verleihen!«

»Dir auch, mein Sohn, dir auch. Ich habe für dich eine erfreuliche Nachricht«, sagte der Meister mit zufriedenem Gesicht. »Gestern habe ich dein Horoskop erstellt und erfahren, dass du innerhalb von drei Zeitläufen eine sehr große Erbschaft bekommen wirst. Das heißt innerhalb drei Tagen, drei Wochen oder drei Monaten. Und auf der Erbschaft stand ebenfalls eine drei. Also werden es nicht drei Mark, dreihundert oder dreitausend sein. Mit großer Wahrscheinlichkeit drei Millionen.«

»Eine Dreimillionen-Erbschaft?«, wiederholte Dursun erstaunt. Er ließ sein Teeglas auf den Tisch sinken und sah ihn mit offenem Mund und großen Augen an. »Ist das wahr, du machst keinen Spaß?«, hätte er beinahe fragen wollen, schämte sich aber und verschluckte seine Worte. Er wollte sein Misstrauen nicht zeigen.

»Was ist denn, mein Sohn? Glaubst du es nicht?«

»Doch, doch! Aber … ich glaube meinen Ohren nicht!«

»Du hast richtig gehört, mein Sohn.«

Dursun zermarterte sein Gehirn, um herauszufinden, woher das viele Geld kommen könnte. Seine Gedanken tanzten im Kopf. Bevor der Unfall passiert war, hatten seine Eltern vielleicht eine Lebensversicherung abgeschlossen? Aber wenn es so gewesen wäre, hätte seine ältere Schwester bestimmt davon gewusst. Alle Anträge in Deutsch hatte immer sie ausgefüllt. Oder stammte es von dem alten, deutschen Ehepaar, für das seine Eltern in der kleinen Stadt in Westdeutschland gearbeitet hatten?

»Ich habe keine reichen Verwandten. Aber …«

»Das weiß nur Allah allein, mein Sohn. Aber es kann auch ein enger Freund sein.«

»Ich weiß nicht. Als ich klein war, arbeitete mein Vater in einer Weberei und meine Mutter putzte das Haus des Besitzers der Fabrik. Sie wollten mich sogar adoptieren, aber meine Mutter war dagegen. Sie waren kinderlos. Wenn sie gestorben sind, Allah gebe ihnen die ewige Ruhe. Vielleicht haben sie mich im Testament als Erben eintragen lassen.«

»Siehst du? Das ist ein Geschenk Allahs, mein Sohn.

Es ist egal, woher es kommt. Der Tod ist Allahs Befehl und ein Erbe sein heiliges Geschenk.«

Obwohl Dursun erst betrübt dasaß, dachte er dann an die drei Millionen und geriet ins Träumen. Man könnte damit Häuser und Autos kaufen, leben wie ein König. Auf einmal erinnerte er sich, dass sie heute in den Zoo gehen wollten.

»Na ja, Allah ist groß! Abwarten«, sagte er und fragte den Meister: »Was machst du heute Nachmittag ohne mich?«

»Wenn Allah erlaubt, werde ich erst in Ahmets Teehaus gehen. Ich hab zwei armen Landsleuten etwas versprochen. Weiß du, die beiden waren wie zwei Vögel mit zerbrochenen Flügeln. Ich habe jedem ein Amulett gemacht, sie werden wieder fliegen können«, antwortete der Meister, zwinkerte mit dem rechten Auge und lachte laut.

Dursun hatte verstohlen gelacht und mit geneigtem Kopf gesagt: »Ich hab versucht, ein paar Tage Urlaub zu bekommen, aber es klappte nicht. Es ist eine kleine türkische Brotfabrik. Wenn ich mich krankmelde, kommt der Chef bestimmt nachhause. Sonst hätte ich den ganzen Tag mit dir sein können.«

»Das ist nicht nötig, mein Sohn. Keine Angst, ich werde hier nicht verhungern. Wichtig sind deine Arbeit und dein Verdienst.«

»Ja schon, aber …«

»Ich finde mich hier zurecht. Überall sind anständige anatolische Menschen. Selbst eine so große Stadt ist nicht im Stande, sie zu ruinieren. Sie stehen zu unseren Sitten und Bräuchen. Ich wäre gerne länger hier geblieben und hätte ihnen geholfen, aber wie du weißt, habe ich keine Zeit.«

»Du bist Gast bei deinem Sohn und du hast ein Visum für drei Monate, du kannst solange hier bleiben. Meine Wohnung ist deine Wohnung, fühl dich ganz wie zuhause.«

»Danke für deine Gastfreundschaft, mein Sohn, danke! In der Heimat warten die Leute auf mich, sie brauchen auch meine Hilfe. Mit deiner Sache bin ich noch nicht fertig, ich muss dort weitermachen und sie so schnell wie möglich zu Ende bringen. Du brauchst dich nicht zu schämen, ich weiß, dass du Sehnsucht nach Kezban hast. Und dein Junggesellenleben macht mir auch Kummer. Sei unbesorgt, Kind, wenn ich da bin, werde ich alles beenden. Falls es sein muss, lasse ich Ahmet und seine Frau wie eine Seife schmelzen. Du musst mir vertrauen, mein Sohn.«

Dursun stand auf und fing an, den Tisch aufzuräumen. Als er merkte, dass der Meister dabei helfen wollte, sagte er aufgeregt: »Nein, nein! Ich mach das allein!«

»Na gut, dann mache ich mich fertig«, antwortete der Meister erleichtert und ging zur Garderobe, wo seine Kleidung hing. Dursuns Blicke folgten ihm beschämt. Der Meister hatte sofort gemerkt, woran er gedacht hatte. Obwohl Dursun in der Anwesenheit des Meisters eine große Ehre sah, wartete er auf dessen Abreise, damit der Meister so schnell wie möglich Kezban hierher schicken konnte.

*

Dursun war bei der Arbeit schlecht geworden. Sein ganzer Körper zitterte. Murat Bey, sein Chef, brachte ihn nachhause, gab ihm zwei Aspirin und sagte, das würde ihn zum Schwitzen bringen und morgen wäre er wieder gesund. Dursun rannte ins Schlafzimmer, zog nur die Schuhe aus, warf sich ins Bett und schlug die Decke über den Kopf. Der Meister war noch nicht da. Wenn er hier wäre, könnte er für seinen Sohn bestimmt etwas machen. Er nahm seine Hände zwischen die Beine, rollte sich wie ein Knäuel zusammen und schlief ein.

Kezban lag auf einer Bahre, die zwei Männer in Weiß zum Entbindungssaal schoben. Dursun hielt ihre Hand. »Keine Angst, Kezban, ich bin bei dir! Es wird alles gut gehen.« Vor der Tür musste er ihre Hand loslassen und warten. Als sie sich wieder öffnete, traute Dursun seinen Augen kaum. Auf der Bahre lag nicht Kezban, sondern der Meister. Er winkte und sagte grinsend: »Ich schenke dir ein Mädchen, Dursun. Wenn mir etwas passieren sollte, vergisst nicht, sie Kezban zu nennen.«

Fassungslos rannte Dursun hinterher. Es war niemand da, weder Kezban noch der Meister. Plötzlich hörte er Hilferufe. Er lief hin, wo die Rufe herkamen. Als er die Tür fand, merkte er, dass er gefesselt war und auf einem Bett lag.

Es sauste, brummte und heulte. Dann drang ein Smaragdvogel in das Zimmer ein. Er trug Kezbans Kopf, fiel schreiend auf Dursun, hackte ihn mit dem Schnabel und seine Krallen zerkratzten ihn. Es wurde dunkel.

Er sah eine große Holzkiste, an der ein großes Schloss hing.

»Dein Glück liegt in dieser Kiste«, flüsterte eine tiefe Stimme.

Knirschend öffnete sich die Kiste von selbst, und Goldstücke, Perlen und Edelsteine quollen hervor. Er warf sich auf die Kiste, versuchte, den Schatz zu greifen und in seine Taschen zu stecken. Doch was er in der Hand hielt, ging plötzlich in Flammen auf.

Außer Atem wachte Dursun auf, atmete tief durch und versuchte, wieder zu sich zu kommen. Schließlich merkte er, dass er im Bett lag, unbedeckt und in Schweiß gebadet. Er richtete sich auf und hörte eine leise Stimme, die aus dem Wohnzimmer drang. Der Meister telefonierte.

»Hör mir zu, Nazmiye!«

Der Meister sprach in strengem Ton mit Dursuns Schwiegermutter. Dursun freute sich. Als er noch geschlafen und mit seinen Träumen gerungen hatte, musste der Meister gekommen sein. Er verlangte nun bestimmt von ihr, Kezban nachhause zu schicken.

Er brüllte: »Das reicht mir aber, Nazmiye! Ich habe dir gestern gesagt und jetzt sag ich es zum letzten Mal! Du sollst nie wieder anrufen! Wenn ich es für nötig halte, rufe ich dich selber an! Hast du verstanden?«

Er hatte gestern mit ihr telefoniert, aber beim Frühstück nichts davon erwähnt! Aber wieso nicht? Konnte es sein, dass er nur vergessen hatte, es zu sagen?

»Ja, er ist nicht da! Aber wenn er zufällig hier reinkäme, hätte er ja alles mitgehört! Was wäre dann?«

Dursun musste sich verhört haben oder er träumte immer noch.

»Hör doch auf zu jammern!«, hörte er den Meister sagen. »Er ist ein dummes Kind und treu wie ein Hund.

Ja, es läuft alles gut. Verstanden? Aber nie wieder anrufen!«

Dursun war wie vor den Kopf geschlagen. Ihm schwindelte. Dann kam die Wut. Er stieß die Tür auf. Sie knallte an die Wand. Der Meister drehte sich um und sah Dursun erschrocken an. Schnell nahm er sich zusammen und lächelte väterlich.

»Wann bist du denn nachhause gekommen, mein Sohn? Was hast du denn? Bist du krank?«

Dursun nickte.

»Ich habe mit deiner Schwiegermutter telefoniert und …«

»Gestern auch, nicht wahr?«

»Gestern hatte ich angerufen und ihr gesagt, dass wir ihr in ein paar Tagen ein Flugticket schicken wollen, und sie sollte ihre Tochter vorbereiten. Heute rief sie an und teilte mit, dass Kezban damit einverstanden sei. Ja, mein Sohn. Heute Morgen habe ich dir davon nichts gesagt, weil ich dich überraschen wollte.«

Dursun gab dem nächsten Stuhl einen Fußtritt.

»Halt's Maul, du Schweinehund! Was du gesagt hast, habe ich alles mitgehört, alles! Du bist ein Lügner, wie ich ihn in meinem Leben noch nie getroffen habe! Du bist widerlich!«

»Dursun, mein Sohn, wie redest du mit mir?«

»Das reicht mir, du unverschämter Kerl! Ihr steckt alle unter einer Decke!«

»Sei bitte ruhig, mein Sohn! Du musst krank sein, du siehst sehr blass aus. Komm, setz dich hin, ich erzähle dir alles in Ruhe! Und ich schreibe dir sofort ein Amulett. In ein paar Minuten bist du wieder gesund. Komm, mein Sohn, setz dich hin und hör mir zu!«

»Halt deine Klappe, du Schwein! Ich dachte, dass du ein Heiliger wärst, aber du bist ein Teufel! Ich hab dir vertraut und Vater gesagt! Und du, was hast du angetan? Hast du keine Gewissensbisse?«

»Du hast mich falsch verstanden, komm, mein armes Kind!«

»Dein Kind? Ich war ein Hund und du warst mein Herrchen, nicht wahr? Aber die Schuld daran trägt nur Kadir! Ich werde ihm nie verzeihen! Aber dich … dich werde ich töten!« Dursun schob den Tisch zu ihm hin und klemmte ihn damit ein.

Der Meister wurde wütend. »Das reicht mir aber, Dursun!«, brüllte er. »Ich bin immer noch der Meister! Du weißt, was ich kann! Wenn du so weitermachst …«

Dursun brach in hysterisches Lachen aus. »Zu spät, großer Meister, zu spät! Dein Palaver hat bei mir keine Wirkung mehr! Na sag schon, dass du mich auch knoten kannst! Na komm, komm, knote meinen Schwanz auch!«, rief er und setzte sein schallendes Gelächter fort. Er machte den Gürtel seines Morgenmantels auf. »Hier, komm! Wenn du kannst, mach schon!«

»Sei manierlich, Dursun! Wenn du mich zwingst, werde ich das auch tun! Danach kannst du mich töten! Aber vergiss nicht, außer mir kann dir keiner helfen! Du bleibst dein Leben lang impotent!«

Dursun geriet außer sich. Er versetzte dem Tisch noch einen Tritt, lief in die Küche und kam mit einem langen Brotmesser zurück. Langsam schob er den Tisch zur Seite und sah auf den knienden Meister herab, der versuchte, wieder auf die Beine zu kommen. Dursun hob seine Hand und ging Schritt für Schritt auf ihn zu.

Das Gesicht des Meisters wurde blass, seine Lippen fingen an zu zittern und die Augen schielten. Mit dem Kinn deutete er auf die Garderobe, wo sein Mantel hing, und stotterte: »Meine … meine Tab…lette …«

Plötzlich fiel er um. Seine Unterlippe rutschte herab. Mit offenem Mund lag er auf dem Boden.

Im Park

Hasan hatte viel Zeit, aber zu wenig Geld. Wenn er an Geld gekommen war, ging er ins Café, spielte Karten um Geld. War er aber abgebrannt, kam er immer in diesen Park, gab seine Zeit freigebig aus und tötete sie erbarmungslos. Er machte Spaziergänge, saß auf der Bank, machte es sich gemütlich und ruhte sich aus, beobachtete die Leute, die dort spielten und picknickten, nebeneinander Arm in Arm spazieren gingen oder in aller Bequemlichkeit und Ruhe auf der Wiese lagen.

Man nannte ihn »Familienangehöriger«. Er konnte wie jeder alles tun, was legal war, nur arbeiten durfte er nicht. Seine Freiheit in diesem Bereich schränkte das geltende Ausländergesetz fünf Jahre ein. Seine Frau besaß eine Arbeit und er sollte von ihrem Geld leben. Bevor er hierhergekommen war, hatte er gar nicht gedacht, dass es so schwer sein würde, von einer Frau Taschengeld zu verlangen und von ihrem Geld zu leben. Sie wussten nicht, dass sie damit ihr Eheleben aufs Spiel gesetzt hatten. Ab und zu versuchte er, auf illegalen Wegen zu arbeiten, bekam die dreckigste und schwerste Arbeit, die es überhaupt gab. Und er verdiente weniger als die Hälfte eines legalen Arbeiters bei vollem Risiko. Wenn er erwischt würde, drohte ihm die Ausweisung. Und so musste er damit aufhören.

Nach der Heirat waren sie nur drei Monate zusammen gewesen, danach kam das einjährige Getrenntleben. Und das Zusammenleben in Deutschland konnte nur ein paar glückliche Monate aufweisen. Das Verhältnis zwischen ihm und seiner Frau wurde von Tag zu Tag schlechter. Je öfter er über ihre gemeinsame Zukunft nachdachte, desto pessimistischer wurde er. Er hatte aber eine einfache Lösung gefunden und fing an, ins Café zu gehen.

»Wer auf Gott vertraut, hat nicht auf Sand gebaut«, sagte er sich und vergaß seine Sorgen.

Jeden Montag, bevor seine Frau zur Arbeit ging, legte sie für ihn einen Hunderter auf den Tisch. Nachdem er aufgestanden war, nahm er das Geld, ging ins Café und verschwendete seine Zeit am Glücksspieltisch. Aber das Geld hatte keine Ähnlichkeit mit der Zeit. Es verschwand sehr schnell, und er fand manchmal nicht einmal Geld, um Zigaretten zu kaufen.

Es war erst Mittwoch und der Hunderter weg. Er kam wieder in den Park, zum Glück hatte er aber eine Schachtel Zigaretten in der Tasche. Obwohl der Herbst angefangen hatte und die Sonne nach Süden geneigt war, erlebten die Menschen einen warmen Spätsommer. Rosen und Herbstblüten verbreiteten angenehme Düfte in der Luft. Die Blätter der Pflanzen waren immer noch grün und frisch. Eichhörnchen rutschten hin und her wie Kinder auf einer Rutsche. Unter jedem Baum, in allen Ecken und auf den Wiesen saßen, lagen und standen Menschen.

Seit Hasan nach Deutschland gekommen war, begegnete ihm überall, wo er hinging, eine solche Menschenmenge. Er kam aus dem Staunen nicht heraus. Er sah die Leute, die arbeiten gingen, und er glaubte, dass jeder außer ihm eine Arbeit hätte. Er betrachtete die Reisenden an Bahnhöfen und dachte, dass jeder verreisen würde.

In den großen Kaufhäusern fielen ihm die Leute auf, die so viel Geld ausgaben, und er vermutete, dass jeder außer ihm reich sein müsste. Und auch hier im Park sah er die Frauen und Männer, glaubte, dass alle arbeitslos und arm wären wie er.

Er schlenderte mit den Händen in der Hosentasche den leicht ansteigenden Weg hoch. Dabei beobachtete er grillende, gruppenweise Karten und Backgammon spielende türkische Männer, ihre häkelnden, tischdeckenden Frauen und die hin und her laufenden Kinder. Er schaute den auf der Wiese liegenden Liebespaaren zu.

Seine Frau und er waren des Streitens müde geworden. Keiner sagte zum anderen etwas und wartete grollend. Am Abend, wenn er nachhause kam, saßen sie mürrisch vor dem Fernseher. Wer davon genug hatte, ging ins Bett, ohne »Gute Nacht« zu wünschen. Obwohl sie das gleiche Bett teilten, schliefen sie jeweils am Ende der Schlafstatt. Keiner berührte den anderen.

Es war schon lange her, wann, daran konnte sich Hasan nicht mehr genau erinnern, da hatten sie nur einmal miteinander geschlafen. Er wusste auch nicht, wer angefangen hatte. Es war wie ein Traum gewesen. Er wusste aber genau, dass es eines Abends nach einem Streit gewesen war. Sie hatten sich in der Nacht einander so wild und so hungrig angegriffen wie Katzen und Hunde. Sie kratzten sich, statt zu streicheln, bissen, statt zu küssen. Laut schreiend und wimmernd ließen sie voneinander ab und gingen lautlos auseinander, als wäre nichts passiert. In den nächsten Tagen trugen die beiden Rollkragenpullover, und seine Frau musste sich schminken, um die blauen Flecke und Kratzer zu verstecken.

Nachdem sie nicht mehr gestritten hatten, endete ihr gemeinsames Liebesleben. Hasans Sehnsucht nach Frauen wuchs jeden Tag. Wenn er küssende Frauen und Männer sah, war er unwillkürlich eifersüchtig, und sein Hass gegen sich selbst und seine Frau steigerte sich immer mehr.

»Nur ich bin schuldig«, brummte er lautlos. »Wenn ich den Rat meines Vaters befolgt hätte, wäre so was nicht passiert.«

Sein Vater hatte ihm immer gesagt, es dürften die Schläge auf den Rücken und ein Baby im Bauch einer Frau nicht fehlen. Ein Mann dürfe seiner Frau nicht grollen, aber wenn sie das tue, müsse der Mann mit Engelszungen sprechen und sich versöhnen. Das Bett sei immer der beste Platz dafür. Obwohl der alte Mann fünf Mädchen und vier Jungen gezeugt hatte, war er von seiner Frau vierzig Jahre lang aufmerksam versorgt worden. Seine Mutter sagte immer: »Der Sohn schlägt nach dem Onkel, die Tochter nach der Tante.« Sein Onkel war genauso wie er. Er hatte auch seinen Kummer in sich hereingefressen und war an Schwindsucht gestorben.

Nach langem Nachdenken kam er an die Trauerweiden, holte die Zigaretten aus der Tasche und steckte sich eine an. Er setzte sich auf einen großen Stein und schaute sich um. Unter einem Ahornbaum, der ein paar Meter entfernt von ihm stand, saßen eine Frau und ein Mann. Sie war oben frei und hockte auf den Leisten des Mannes, während ihre Taille auf seinen Knien lehnte. Er trug nur schwarze Shorts, lag auf dem Rücken und streichelte ihre Hüften.

Hasan hatte bisher auf den Straßen, an Bushaltestellen,

Bahnhöfen und in den Parkanlagen küssende Menschen gesehen und sagte sich immer: »Ihnen fehlt nur das Bett auf der Straße zum Liegen.« Aber so etwas hatte er noch nie gesehen.

Es handelte sich um eine abgelegene Stelle und niemand sonst war zu sehen. Hasan ging ein paar Schritte weiter, versteckte sich unter den Weiden und kauerte sich hin. Das nackte und sich küssende Paar zu sehen, erweckte in ihm heftiges Herzklopfen. Er verschloss die Augen. Ein Bild aus seiner Jugend tauchte vor ihm auf: Im Dorf hinter dem Brunnen standen viele Jungen im Kreis. Jeder hielt einen Stein oder einen Stock in der Hand. Sie schlugen auf zwei Hunde ein, die kopulierten und sich vor Angst heulend hin und her schleppten. Die Jungen lachten und schrien in die aufwirbelnden Staubwolken.

Hasan machte die Augen wieder auf, schaute sich um und sah einen Stein vor sich liegen. Er hob ihn auf, erhob seinen Arm, doch seine Hand blieb in der Luft hängen. Die Hunde waren verschwunden, und vor seinen Augen lagen nur zwei Menschenkörper. Er wandte seinen Blick auf die Krone des Baumes und warf voller Wut den Stein in die Luft. Schreiend flogen die Vögel fort und die ganze Gegend dröhnte. Die Liebenden schauten zuerst die Vögel an, dann sahen sie Hasan. Voller Scham wandte Hasan sich um, lief weg und schimpfte laut über sein Schicksal.

Das Teehaus

Heute hatte Hasan Geld und konnte ins Teehaus. Nachdem er aufgewacht war, rasierte er sich, zog seine Klamotten an und verließ die Wohnung. Wenn er auch etwas anderes vorgehabt hatte, schleppten seine Füße ihn trotzdem zuerst zum Teehaus. Er frühstückte dort, aß zu Mittag, manchmal auch Abendbrot und spielte. Dort vergaß er alles.

Als er die Tür aufmachte, hinter der ein dicker Vorhang der heftigen Kälte Widerstand leistete, saßen nur drei Männer da. Ein junger Mann, der dort arbeitete, und zwei Gäste, die Tee tranken. Sie aßen Çörek, Salzgebäck, und unterhielten sich.

Das Teehaus war ursprünglich eine alte Lagerhalle gewesen. Jetzt hingen an den gräulichen Wänden Geldspiel- und Zigarettenautomaten, Poster von Popsängern aus der Türkei und ein großes Schild mit dem türkischen Sprichwort: »Die Seele möchte weder Tee noch Teehaus, die Seele möchte Unterhaltung.« Der graue Betonboden, der vor dem Ausfegen mit Wasser bespritzt worden war, sah noch nass aus. Es roch nach Schmutz und Nikotin. Graue Tischdecken wurden glatt ausgelegt, Aschenbecher lagen geputzt da, leere Stühle neigten sich an die Tische.

Hasan begrüßte die Anwesenden aus der Ferne: »Guten Morgen.«

Alle drei antworteten unisono: »Guten Morgen.«

Er setzte sich zu den beiden, holte seine Zigarettenschachtel und sein Feuerzeug aus der Tasche und legte

alles auf den Tisch. Sie begrüßten ihn noch einmal mit
»Merhaba«. Der junge Mann, der an der Theke Teegläser
vom Vorabend abwusch, winkte ihm mit seiner schau-
migen Hand zu.

»Ali, bring noch einen Tee und Çörek für meinen Neffen«, sagte einer der beiden Gäste.

»Sofort, Onkel Cuma!«

Sie hatten sich in diesem Teehaus kennen gelernt und
waren in kurzer Zeit unzertrennliche Freunde geworden. Sie trafen sich fast jeden Tag hier. Sie fanden zwar
keine Mittel und Wege aus ihrer Misere, doch teilten sie
ihre Sorgen. Der Ältere, Cuma, sprach mit kurdischem
Akzent, gab ihnen bei jeder Gelegenheit Ratschläge
und fügte immer einen Spruch hinzu: »Macht, was ich
sage, tut aber nicht, was ich tue.« Sein Kopf zierte eine
Schirmmütze und ein grauer, langer Schnurrbart.

Ali brachte für Hasan einen Tee und ein rundes Ge-
bäck. Nachdem er mit dem Abwaschen fertig war, kam
er mit vier Gläsern Tee und sagte: »Die sind von mir«,
und blieb am Tisch. Als Hasan noch seinen letzten Bissen im Mund hatte, griff er schon zu seiner Zigarettenschachtel.

Cuma hinderte ihn: »Nein, mein Neffe, das geht nicht.
Hier, nimm eine von meinen.«

»Ach, Onkel Cuma, deine oder meine.«

»Doch, doch, du bist zu uns gekommen.« Cuma machte
seine Schachtel auf, streckte sie ihm hin und bot danach
den anderen auch eine an.

Ali war zwar Nichtraucher, gab aber allen Feuer. Sie
fingen zuerst an, sich gegenseitig nach dem Wohl des
anderen zu erkundigen.

Danach fragte Cuma: »Hast du dein Geld wieder, Hasan?«

»Nicht alles, nur zweihundertfünfzig. Fünfhundertfünfzig fehlen noch.«

»Siehst du?«, mischte sich Zeki ein. »Hab ich es dir nicht gesagt, Hasan? Dass man solchen Typen nicht trauen darf? Du weißt doch, was einer von ihnen mit mir gemacht hat. Er hat nicht nur mich betrogen, sondern hunderte von Leuten. Jetzt haben wir gehört, dass er nach München geflüchtet sein soll.«

»Er ist nicht einer von diesen Typen, Zeki. Er hat ein großes Übersetzungsbüro hier, bei ihm arbeiten viele Leute. Er kauft auch Ausfuhrgenehmigungen, bringt Maschinen und Autos in die Türkei. Es ist einfach mein Pech, meine Akte ist bei einem missmutigen Beamten gelandet und deshalb hat es nicht geklappt.«

»Ha, ha! Und du glaubst daran? Sie sind alle aus dem gleichen Teig. Warum hat er dir dann nicht das ganze Geld gegeben? Er macht Geschäfte damit. Wenn es klappt, poliert er damit seinen Ruf auf. Wenn nicht, sagt er: ›Tut mir leid, du hast Pech gehabt.‹ Genau so ist das.«

»Was sollte ich machen, Zeki? Ich musste mich wie ein Ertrinkender an einen Strohhalm klammern. Wenn es bei der Polizei klappen würde, wäre das Arbeitsamt bereit, eine Arbeitserlaubnis zu erteilen.«

»Vergiss es, jeder schiebt den Ball zum anderen. Es gibt nur eine einzige Möglichkeit, nämlich schwarzzuarbeiten.«

»Ich hab die Nase voll davon, Zeki. Ich kann kein Risiko mehr eingehen.«

»Du hast Recht, mein Neffe. Das ist nichts für dich.« Cuma versuchte ihn zu trösten. »Das Gröbste ist schon geschafft. Sei geduldig, mein Neffe, Geduld bringt Rosen! Eines Tages wird alles vorbei sein und du wirst diese schlimmen Tage alle vergessen.«

Hasan seufzte. »Ja, Onkel Cuma, wir haben aber keine Ruhe mehr zuhause, jeden Tag gibt es Streit.« Er nahm einen tiefen Zug von seiner Zigarette und blies den Rauch in die Höhe, als wollte er seine Bedrückung loswerden.

Zeki sah ihn lange an und seufzte auch. »Mein Schicksal hat mir dies auch nicht gegönnt. Wenn ich eine deutsche Frau gefunden hätte, bräuchte ich nicht zu warten wie du. Die Güter der Welt sind nun einmal ungleich verteilt.«

»Leeres Gerede!«, sagte Cuma, schüttelte seinen Kopf nach rechts und links. »Ich hab dir immer gesagt, mein Neffe, wer die Sprache nicht kann, hat keine Chance in diesem Land. Wie man sagt, mit schmeichelnden Worten lockt man sogar die Schlange aus ihrem Loch. Du kannst mit den Frauen reden. Du bist jung und gut aussehend, aber das reicht nicht. Du bist ja keine Zuckermelone, die man riechen kann. Du musst dich verständigen können.«

»Ach, Onkel Cuma, das ist nicht so einfach.«

»Oder du musst lernen, mutig zu sein wie ich. Mit Händen, Armen, Augen und deinen Augenbrauen musst du reden können. Etwas verlangen, ohne dich zu schämen. Immer wieder und wieder. Wenn eine Frau dir ins Gesicht spucken würde, nimm einfach an, es hat geregnet.«

»Das kann ich auch nicht, Onkel Cuma«, sagte Zeki, streichelte lächelnd seine Schulter. »Onkel Cuma, hat deine deutsche Frau keine Tochter oder Enkelin? Wenn du mich verheiraten könntest, würdest du eine gute Tat verrichten.«

»He, mein dummer Neffe! Du weißt nicht, dass die deutschen Mädchen nicht so sind wie unsere. Glaubst du, wenn wir ihr das sagen würden, hätte sie wie meine Tochter Emine das Haupt gebeugt und gesagt: ›Wie ihr es für richtig haltet‹? Nein. Vergiss es, mein Neffe!«

»Warum nicht, Onkel Cuma?«, fragte Ali. »Es gibt deutsche Frauen, die für Geld eine Scheinheirat eingehen. Ich werde genau das tun. Meine große Schwester und mein Schwager suchen für mich jemand.«

Zeki lachte laut und machte sich über ihn lustig. »Ja, vielleicht deine Schwester, aber nicht dein Schwager, mein Lieber! Weißt du, warum? Wenn du eine deutsche Frau findest, Aufenthalts- und Arbeitserlaubnis bekommst, wer arbeitet hier Tag und Nacht? Dein Schwager ist nicht so dumm wie du.«

»Ja, Zeki hat diesmal Recht«, unterstützte ihn Cuma. »Und noch was: Nehmen wir an, dass so eine Frau für dich gefunden wird. Wenn diese Frau ein Kind von einem anderen bekommt, was würdest du tun? Entweder musst du es annehmen und ein fremdes Kind dein Leben lang versorgen oder Hals über Kopf zurück wieder in dein Dorf gehen. Du musst auf deinen eigenen Füßen stehen und dich von deinem Schwager befreien, mein Neffe. Dieser Kerl, dieser Goldzahn-Vedat ist sehr pfiffig. Er färbt die Haare seiner Mutter und verkauft sie wieder an seinen Vater.«

»Ich weiß nicht«, murmelte Ali seufzend.

»Du bist ein Menschenkenner, Onkel Cuma«, sagte Hasan. »Jedes Wort, das du sagst, ist wahr. Wärest du mein Vater, hättest du mir die Ohren lang ziehen sollen.«

»Nein, du irrst dich, mein Neffe. Wenn ich dein Vater wäre, hättest du mir überhaupt nicht zugehört. Du bist ein erwachsener Mensch, du musst selber entscheiden. Jeder gibt dir gute Ratschläge, aber kein Geld. Verstehst du mich? Wie immer: Versuch zu machen, was ich sage, tue aber nicht, was ich tue! Ich bin ein geborener Spieler, ich spiele auch mit meinem eigenen Sohn. Aber ich sage ihm, dass es schlimmer als eine Droge ist. Ob er auf mich hört oder nicht, ist seine Sache. Was mich betrifft, für mich ist alles zu spät. Der Zug ist abgefahren. Ich habe mein Weib, meine Kinder, mein Hab und Gut verloren. Wenn meine deutsche Frau keine Rente bekäme, müsste ich um Zigaretten betteln.«

Ali hörte Geräusche an der Personaltür, stand hastig auf und sammelte die leeren Teegläser ein. Als er wieder an der Theke war, begegnete er seinem Schwager, der mit vollen Einkaufstüten hineinkam.

Die Tüten nahm er ihm ab und fragte: »Eier und Wurst sind auch da drin?«

»Ja, ja, schau erst mal rein! Hast du nicht gemerkt, dass es hier stinkt? Mach zwei Fenster auf und lüfte!«, sagte er mit mürrischem Gesicht. Dann setzte er ein Lächeln auf und ging zu seinen Gästen.

Er gab jedem Einzelnen die Hand, begrüßte sie und fragte, wie es ihnen gehe, dann setzte er sich zu ihnen.

Zeki wollte ihn aufziehen: »Na, du bist heute schick wie ein König, Vedat Abi!«

Vedat trug einen beigefarbenen Anzug mit schwarzem Hemd und eine weiße Krawatte, goldene Ketten an Hals und Arm; ein eckiger Siegelring zierte seine rechte Hand. Er machte ein hochmütiges Gesicht und lachte laut, wobei seine goldenen Zähne hervorlugten.

»Wenn es dir gefallen hat, kann ich dir alles schenken, mein Bruder. Heute musste es sein.« Er rief zuerst seinem Schwager zu: »Ali, bringt mal Tee her! Für uns alle, mein Sohn!«, dann erklärte er: »Der Gewerbeschein für dieses Teehaus gehört einem Deutschen. Er hatte mir eine eilige Nachricht zukommen lassen und ich war bei ihm. Der Giaur wollte mehr Geld. Na ja, ich habe ihm noch hundert Mark gegeben und damit seinen Mund gestopft. Aber ich weiß, woher dieser Stein geworfen wurde. Ich werde es ihm später heimzahlen, Allah ist groß.«

»Wozu?«, fragte Zeki. »Ist das nicht dein Teehaus?«

»Na klar, ist das mein Teehaus. Aber in meinem Pass befindet sich ein roter Stempel mit dem Vermerk ›Gewerbeausübung nicht gestattet‹. Was sollte ich machen? Ich musste einen Ausweg finden. Glaubt ihr, was ich hier verdiene, stecke ich alles in meine eigene Tasche? Nach Steuern, Versicherungen, Miete und diesem Tribut bleibt kaum etwas übrig.«

»Das wusste ich nicht«, wunderte sich Hasan.

»Ja, ja, so ist es!«, stöhnte Vedat. »Nicht nur ich. Es gibt hier in der Stadt so viele türkische Lebensmittelgeschäfte und Teehäuser. Viele von denen sind auf den Namen von Deutschen eingetragen. Unser Kerl hat zwei Lebensmittelgeschäfte und drei Teehäuser. Rechne dir aus, wie viel Tribut er im Monat kassiert. Leg dich hin, genieß fröhliche Stunden!«

»Donnerwetter! Iss, Mehmet, iss!«, sagte Zeki und biss auf seine Unterlippe.

»Ja, ja! Stempel, Stempel! Der Stempel hat in diesem Land einige zerstört, andere zum Wesir gemacht.«

»Ach, ich pfeif drauf!«, sagte Goldzahn-Vedat. »Worauf warten wir? Der Tisch hat schon vier Beine bekommen. Wollen wir?«

»Mir egal«, antwortete Cuma und zuckte mit den Achseln.

Ali brachte Tee mit, legte auf jede Untertasse zwei Stück Würfelzucker.

»Los Ali!«, sagte sein Schwager. »Bring uns mal Okaybeutel und Bretter!«

Ali rannte zur Theke und brachte die Okaybretter, einen kleinen Stoffbeutel, Stift und Papier. Jeder nahm sich ein Brett, Vedat schüttete den Beutel mit den farbigen Spielsteinen in der Mitte des Tisches aus. Nachdem sie die Steine umgedreht, vermischt und in Fünfer-Gruppen aufstellt hatten, nahm Vedat einen Würfel, warf ihn auf den Tisch und las ab: »Fünf.« Er würfelte noch einmal. Diesmal war es die Drei. Der Reihe nach zählte er die Gruppen, blieb bei der Fünften stehen und machte den dritten Stein von unten auf, zeigte ihn und ließ ihn dort liegen.

»Schwarz-Sieben, die Achte ist Joker«, sagte er und verteilte die Steine.

Cuma sollte anfangen und einen Stein werfen, ohne zu ziehen.

»Stopp!«, rief Zeki und zeigte das Gegenstück der Schwarz-Sieben. Das erste Spiel war schon aus.

»Wie hoch haben wir angefangen?«, fragte Goldzahn-Vedat und fuhr fort: »Wie wäre fünfzig?«

»Nein, nein, das ist zu viel«, widersprach Hasan.

»Zwanzig?«

»Nein, zehn«, sagte Cuma entschlossen.

»Was sagst du dazu, Zeki?«

»Na ja, egal, wenn die Leute das so wollen.«

»Gut«, sagte Vedat. »Na dann, die Hände in die Taschen.«

Jeder gab ihm einen Hunderter. Er schrieb erst die Anfangsbuchstaben der Spieler und darunter die Zahlen auf. Zeki bekam von jedem einen Punkt und hatte dreizehn Punkte, bei den anderen blieben neun. Jeder Punkt bedeutete zehn Mark. Die Steine wurden wieder vermischt und diesmal von Cuma verteilt.

Zeki fing an und warf einen Stein, den Hasan nicht gebrauchen konnte. Hasan musste deshalb einen neuen Stein aus der Mitte ziehen. Er berührte den ersten ganz leicht, dann zog er ihn heftig zu sich. Es war eine weiße Zehn. Er brachte ihn zu den zwei Zehnern, die schon auf seinem Brett lagen, für die anderen unsichtbar, und warf einen anderen Stein ab.

Vedat schaute ihn lächelnd an und sagte: »Danke, mein Bruder! Allah möge dir deine gute Tat belohnen!« Er deckte sein Spielbrett auf und zeigte, wohin der abgeworfene Stein kommen sollte. Diesmal hatte er ein »Okay« und schrieb sich Punkte gut.

»Was ihr für ein Glück habt, das verstehe ich nicht!«, brummte Cuma. »Das Spiel endet, bevor es richtig angefangen hat. In zwei Minuten sind zwanzig Mark weg.«

»Pech im Spiel, Glück in der Liebe, Onkel Cuma, ärgere dich nicht«, sagte Zeki grinsend.

»Was soll ich mit Liebe in meinem Alter, mein Neffe?«

»Wenn ich das sage, glaub ich es selbst nicht, mein Onkel!«, beendete Zeki seinen Satz und zwinkerte mit seinem rechten Auge.

Cuma beschimpfte auf Kurdisch den Teufel, drehte die Steine heftig um und vermischte sie. Vedat fragte ihn, ob er böse sei.

Cuma gab ihm eine sarkastische Antwort: »Nein, ich hab mich sehr gefreut für dich, mein Sohn. Ich habe dem Teufel gesagt, dass er dir noch mehr Glück bringen soll …«

Vedat brach in schallendes Gelächter aus und wieder glänzten seine Zähne.

»Danke, Onkel Cuma! Allah behüte dich, Allah möge dir ein langes Leben bescheren! Wenn du nicht da wärest, würden wir uns alle hier zu Tode langweilen.«

Lachend und brüllend wurden immer neue Spielrunden angefangen und beendet. Die Steine wurden vermischt, gezogen und geworfen. Die Zahlen unter den Namen änderten sich dauernd, mal gingen sie zurück, mal stiegen sie an. Erst auf fünfzehn, dann auf zwanzig. Dabei wurde Tee getrunken und geraucht. Wer Hunger hatte, bestellte ein Brot oder Eier. In das Teehaus kamen immer mehr Leute, die Feierabend hatten. Es wurden neue Spieltische eingerichtet. Vedat gab seinen Platz einem anderen Spieler, wanderte von Tisch zu Tisch, führte Rechnungen, spendierte den Spielern Tee, unterhielt sich mit den neu angekommenen Gästen.

Hasans Zahlen standen schon lange im Minus. Er wollte sich zurückziehen, hatte aber die Hoffnung nicht verloren«, die Verluste wieder auszugleichen. Er schäumte vor Wut. Inzwischen hatte er seine Zigarettenschachtel geleert, ließ sich von Ali eine neue holen und rauchte kettenweise. Er schlug die Beine übereinander, lehnte sich nach hinten, neigte sich wieder nach vorne. Manchmal saß er da wie ein Vogel.

Cuma hatte noch mehr als Hasan eingebüßt. Er war aufgeregt, wartete auf einen passenden Stein und wollte wenigstens ein einziges Mal gewinnen. Lautlos zog er einen Stein, stieß ihn heftig auf sein Brett und wartete hoffnungsvoll einen Moment, bis er ihn schließlich mit funkelnden Augen umdrehte. Er nahm den Stein wieder in die Hand, drehte ihn hastig um und schlug ihn noch einmal auf. »Scheiße!«, brüllte er und spuckte auf ihn.

Genau diesen Stein aber brauchte Zeki dringend. Sein Herz hämmerte gegen seine Rippen. Er sah nicht den Stein, sondern Cumas zorniges Gesicht an und versuchte, sich seine Aufregung nicht anmerken zu lassen.

Er machte ein langes Gesicht, streckte seine Hand zu den Steinen, die in der Mitte des Tisches gestapelt übereinander lagen, und sagte zu ihm: »Ich weiß, du wirst den nicht werfen, Onkel Cuma. Ich ziehe einen von hier.«

Cuma ließ ihn nicht aus den Augen, mal lächelte er, mal zwinkerte er mit den Augen, mal machte er ein ernsthaftes Gesicht. Nach langem Zögern sagte er: »Du, mein Neffe, ich weiß ganz genau, dass du auf diesen Stein wartest. Ich bin aber ein Narr. Hier, nimm und mach was draus!« Er schob ihm den Stein zu.

Zeki schnappte ihn und lachte laut. »Oh, mein Onkel, mein Löwe! Ich küsse deine glückbringende Hand tausendmal!«

Cuma streckte ihm seine Hand entgegen. »Hier, nimm,

nimm! Nimm und scheiß drauf! Sie sollte nicht dir, sondern mir Glück bringen! Wenn du das nicht tust, mach ich es selber! Na los, scheiß drauf!«

»Nein, Onkel Cuma! Du hättest mein Vater sein können.«

Cuma spuckte auf seine Hand und rieb sie. »Na los, die Verdreckten! Zeki schämt sich, hier so etwas zu tun, aber wenn ihr mir das nächste Mal kein Glück bringt, dann scheiße ich selber auf euch beide!« Er drehte sich zu Zeki und lächelte. »Nur Spaß, mein Junge, nur Spaß!«

Alle lachten wieder. Hasan auch, aber eher gezwungen.

Er neigte sich zu Vedat und flüsterte ihm ins Ohr: »Ich muss dich sprechen, Vedat Abi.« Er stand auf, wünschte den anderen einen »Guten Abend« und ging zur Theke.

Ali gab ihm einen Tee, ohne etwas zu fragen.

Goldzahn-Vedat kam und gab ihm die Rechnung. »Hier, bitte kontrolliere.«

Hasan warf nur einen flüchtigen Blick darauf. »Ich glaube dir, Vedat Abi.«

»Mit zehn Prozent Abschlag hast du dreihundertzehn Mark Schulden. Die zehn Mark schenke ich dir, bleiben dreihundert übrig. Einhundert hattest du vorausbezahlt, zweihundert reichen also.«

In der Tasche hatte Hasan nur noch die hundertfünfzig Mark, die von dem Geld geblieben waren, das er gestern vom Dolmetscher bekommen hatte. »Ja, was ich sagen wollte, Vedat Abi … fünfzig Mark fehlen.«

»Ach, kein Problem, mein Bruder. Egal, wie viel du hast. Das übrige Geld kannst du mir geben, wenn du wieder etwas hast. Vergiss nicht, du bist hier immer willkommen, ob du Geld hast oder nicht.« Vedat nahm das Geld, steckte es in seine Brusttasche und klopfte ihm auf die Schulter. »Hauptsache, du bist gesund.«

»Allah möge es dir lohnen, Vedat Abi.«

»Dir auch, mein Bruder.«

Hasan reichte ihm die Hand, wünschte noch einmal einen »Guten Abend« und wandte sich zur Tür.

Als er an der Tür war, kam Osman, der bei den Geldautomaten wartete, zu ihm und flüsterte ihm ins Ohr: »Hast du zehn Mark, Hasan?«

»Du hast an die falsche Tür geklopft, Osman.«

»Hasan, bitte! Ich muss nachhause und habe vergessen, Brot zu kaufen.«

»Ich schwöre bei Allah, Osman. Ich besitz keinen Pfennig mehr«, entgegnete Hasan und ging raus.

Es war schon dunkel geworden. Das Licht der Laternen funkelte überall. Hasan aber fror vor Hunger und Kälte. Er stellte den Jackenkragen hoch, zog den Hals ein, steckte seine Hände in die Hosentaschen und machte sich auf den Weg.

Die Weiber

Was will denn dieser Falke wieder?«

»Yusuf Abi, fang bitte nicht mit diesen Worten an!«, ermahnte Ayşe ihn. »Wenn du damit Anita meinst, ich weiß es nicht. Sie ist ja unsere Vertrauensperson, vertritt uns gegenüber der Firma und verteidigt unsere Rechte. Sie wollte uns etwas mitteilen.«

Yusuf zuckte mit den Achseln. »Ja, sie wird wieder Blödsinn erzählen.«

»Wenn du ihr nicht zuhören willst, bitte!«

Sie waren fünf Türken von dreißig Beschäftigten in der Firma, drei Frauen und zwei Männer. Bei jedem Frühstück und Mittagessen kamen sie an einem Tisch zusammen, tranken nicht nur Kaffee und aßen Butterbrot, Käse oder Wurst wie die Deutschen, sondern frühstückten nach türkischer Art: mit schwarzen und grünen Oliven, Tomaten und Schafskäse. Für ihr Mittagessen brachten sie von zuhause etwas vom Vorabend mit und machten es auf den Heizkörpern warm.

Es war Mittagspause. Die Nähmaschinen standen still. Alle dreißig, die sich an die lauten Geräusche gewöhnt hatten, sprachen und lachten miteinander wie ein Vogelschwarm. Auf dem Tisch der türkischen Gruppe lagen gefüllte Auberginen, Reis, eingewickelte Weinblätter, Pastete und gemischter Salat auf Tellern. Sie warteten auf Anita. Sie kam zu ihnen, gab jedem die Hand. Nachdem sie sich an den Tisch gesetzt hatte, machte sie ihre Umhängetasche auf, holte ihr Essen in Butterbrotpapier heraus und legte es auf den Tisch. Sie war Anfang fünfzig, nicht hübsch, aber gepflegt. Durch ihre langen, blond gefärbten Haare sah sie jünger aus.

»So«, sagte sie lächelnd, »wir essen und reden miteinander. Und Ayşe, du übersetzt, bitte!«

»Okay, Anita, mach ich!«, erwiderte Ayşe. »Aber du isst heute mit uns mit, wir haben für dich auch einen Teller vorbereitet.« Sie zeigte ihr den vollen Teller und das Besteck. »Hier, das ist deins.«

Anita dankte, und nach dem ersten Bissen sagte sie: »Hm, sehr lecker! Das hat bestimmt viel Mühe gemacht, nicht?«

»Wenn sie umsonst ein Grab findet, legt sie sich rein«, murmelte Yusuf nickend auf Türkisch.

Um sein unfreundliches Verhalten zu verdecken, sagte Ayşe: »Ich bitte dich, Yusuf Abi, mach keinen Ärger!« Sie drehte sich zu ihrem Gast um und erklärte ihr, wie das jeweilige Essen zubereitet worden war und wie es auf Türkisch hieß.

Dann fing Anita an zu reden: »Ja, was ich sagen wollte, ist Folgendes: Morgen fangen wir mit neuen Mantelmodellen an. Yusuf, du nähst Rückenteile. Du, Kamel, die Kragen.«

Alle fünf lachten laut, weil Anita seinen Namen genauso falsch ausgesprochen hatte wie alle anderen Deutschen in der Firma.

Sie merkte es sofort und entschuldigte sich: »Ich bitte um Verzeihung, Herr Karakaş. Vielleicht wäre es besser, wenn ich dich Karakaş nennen würde.«

»Ja, das wäre besser«, sagte er halb beleidigt, halb lächelnd.

Er hieß Kâmil, und das bedeutete auf Türkisch »ein

reifer und gebildeter Mann«. Alle machten den gleichen Fehler.

»Ja, ich verspreche es, das wird nicht wieder passieren. Okay? Ayşe näht Ärmel, Emine Seitenteile und Fatma die Taschen. Der Chef hat mir nach dem Frühstück gesagt, dass er wieder die Zeit für die Herstellung bei euch stoppen will. Warum, wisst ihr schon. Aber bitte vorsichtig! Nicht wie im Akkord arbeiten, sondern ganz locker wie beim Stundenlohn. Die Stoppuhr wird wieder bei mir sein. Ab und zu schaut ihr mich an und achtet auf mein Zeichen, wenn jemand zu schnell ist, huste ich dreimal.«

Nachdem es übersetzt worden war, sagte Emine schüchtern: »Ich kann nicht anders arbeiten, Ayşe. Alle wissen, wie schnell ich bin. Wenn ich langsam arbeite, schäme ich mich, dass man denkt, ich wäre unehrlich.«

»Ich bin genauso«, beklagte sich Fatma.

»Ich auch«, sagte Kâmil lächelnd und stimmte Fatma zu. »Wenn die Leute bei mir warten und mich beobachten, fühle ich mich wie ein Schüler vor dem Lehrer. Als hätte ich schlechte Note bekommen, wenn ich langsam arbeite.«

Anita hörte der Übersetzung von Ayşe zu und antwortete geduldig: »Ich verstehe euch gut, aber anders geht es nicht. Von jedem Teil ein paar Minuten oder Sekunden können schon einen großen Unterschied ausmachen, weil wir monatelang dieselben Teile nähen müssen. Und nicht alle sind so schnell wie ihr. Die anderen können nicht so schnell arbeiten, deshalb würden ihre Löhne niedriger ausfallen.«

»Was die anderen betrifft, interessiert mich nicht«, murmelte Yusuf auf Türkisch.

Ayşe schnitt ihm beunruhigt das Wort ab und redete mit ihm Türkisch: »Hast du verstanden, Yusuf Abi, was Anita gemeint hat?«

»Natürlich!«, antwortete er heftig.

»Dann brauche ich dir nichts zu übersetzen.«

»Was hat er gesagt?«, fragte Anita neugierig.

»Er ist derselben Meinung wie die anderen«, antwortete Ayşe. Sie wollte ihr nicht sagen, was er gesagt hatte, und auch nicht darüber diskutieren. Sie war die Einzige von ihnen, die gut Deutsch sprach. Wenn irgendwelche Probleme oder Auseinandersetzungen auftauchten, leistete sie immer Hilfe. Obwohl sie von ihren Eltern in der Türkei gelassen und erst nach dem Mittelschulabschluss hierher geholt worden war, hatte sie durch Fleiß und vielleicht auch mit Glück die deutsche Sprache lernen und eine Lehre machen können. Sie arbeitete in der Firma als gelernte Schneiderin und freiwillige Dolmetscherin.

»Nein, das habe ich nicht gesagt«, sagte Yusuf auf Türkisch, neigte seinen Oberkörper und aß weiter.

»Und noch was«, meinte Anita. »Wenn die Zeitmessung vorbei ist, müsst ihr genauso vorsichtig sein. Wir haben darüber mehrere Male gesprochen, aber ich muss es wiederholen. Ihr müsst nicht alles aufschreiben, was ihr an einem Tag geschafft habt. Es kommen Tage, an denen ihr nicht genug geschafft habt. Dann könntet ihr aufschreiben, was ihr noch übrig habt. Also kurz gesagt, euer Lohn soll nicht so schnell hochgehen. Wenn ihr beim Rechnen Schwierigkeiten habt, sagt mir bitte Bescheid, ich helfe euch. – Zum Schluss gibt es noch eine wichtige Sache«, sagte Anita und schwieg eine Weile. Sie nahm das letzte Stück von ihrem Teller in den Mund, packte ihr eigenes Essen wieder ein und fuhr fort: »Für die Leckereien danke ich euch allen. Und ich habe noch eine Bitte an euch: Eure Gehälter sind derzeitig zu hoch im Vergleich zu allen anderen. Dadurch beunruhigt ihr die anderen. Bitte versteht mich nicht falsch und glaubt mir. Das ist keine Eifersucht. Die Leute haben nur Angst, ihre Stellungen zu verlieren. Ich bitte euch noch mal, seid bitte vernünftig! Einverstanden? Na dann, wir sehen uns morgen wieder. Ayşe bitte übersetz alles, was ich gesagt habe.« Sie stand auf und ging zu dem anderen Tisch, wo sie immer saß.

Nachdem Anita weg war, fingen sie an, Türkisch zu sprechen.

»Sie lügt, die Zicke! Sie ist eifersüchtig wie alle anderen auch!«

»Yusuf Abi, sei bitte ein bisschen höflicher!«

»Wieso? Ist das falsch?«, fragte er wütend, warf sein Besteck auf den Tisch, lehnte sich nach hinten und schlug seine Hände in den Nacken.

»Nein, Yusuf Abi. Anita verlangt von uns nur zwei Dinge. Und zwar sehr offen. Erstens, bei der Zeitmessung nicht langsam, aber locker zu arbeiten. Wenn wir eine Minute mehr bekommen, ist das für uns alle, nicht nur für die Deutschen. Zweitens, wenn ein Teil innerhalb von fünf Minuten genäht werden soll, du es aber in zwei oder drei Minuten fertig bringst, dann kann der Arbeitgeber fragen: Wieso? Weißt du, warum der Chef die Zeitmessung mit uns machen will? Glaubst du, dass er uns mehr mag als die Deutschen? Überlegt dir das!«

»Sie lügt! Sie ist eifersüchtig! Weil wir mehr verdienen als die Deutschen. Was die faulen Säue ihr sagen, leitet die Alte an uns weiter. Dann sollen sie eben nicht jede halbe Stunde auf die Toilette gehen, rauchen und klatschen! Ich kann nicht mit guter Laune so sein wie die Deutschen. Ich muss noch zwei Jahre die Zähne zusammenbeißen, bevor ich zurückkehren kann.«

»Das reicht, Yusuf Abi! Wenn du mit Schimpfwörtern redest, kommst du nicht weit! Wir reden zwar miteinander Türkisch, aber du verstehst nichts! Aber vergiss nicht, wenn du eines Tages von solchen faulen Frauen, wie du sie nennst, eine Ohrfeige bekommst, sollte dich das nicht überraschen. Dann erwarte von mir aber auch keine Hilfe.«

Kâmil mischte sich ins Gespräch ein: »Ayşe hat Recht, Yusuf, du …«

Yusuf unterbrach ihn: »Halt dein Maul, du Kamel!«

»Du gehst zu weit, Yusuf! Sei vernünftig, sonst …«

»Na und? Jeden Tag sagen die Deutschen das Gleiche!«

»Sie möchten auch nicht wie Du zwei Jahre ackern und dann abhauen!«

»Ja, aber ich will bald nachhause! Hast du was dagegen, du Wüstenkamel?«

Kâmil stand zornig auf, sah ihn mit stechenden Blicken an und sagte: »Du könntest jetzt von mir was erleben, Yusuf, aber sei froh, dass diese Frauen hier sind! Wir werden unsere Rechnung draußen begleichen!« Er packte seine Sachen und ging fort.

Yusuf sah ihn von hinten lange an und brummte: »Wenn du das Feuer sein möchtest, kannst du dich selber verbrennen, du Idiot!« Er richtete seine zornigen Blicke auf Ayşe: »Hör mir zu, Ayşe! Bring diese maßlos eingebildete Frau nicht wieder zu uns. Ich bin sowieso nicht in der Gewerkschaft!«

»Ich hab es dir eben gesagt, Yusuf Abi. Wenn du sie nicht magst, musst du ihr nicht zuhören. Aber wir anderen sind alle Gewerkschaftsmitglieder und wollen ihr zuhören und nach ihrem Rat arbeiten. Wenn du davon nichts wissen willst, kannst du dir einen anderen Tisch suchen. Versteh mich bitte nicht falsch, aber so ist es eben, falls du damit nichts zu tun haben möchtest.«

»Du bist genauso wie diese Frau! Du Klugrabe! Nur ihr beide, ihr Weiber, wisst alles, wir aber nicht!«

Ayşes Geduld war am Ende. Sie brüllte: »Hör mir zu, Yusuf Efendi! Was willst du damit sagen? Wenn wir dir gegenüber Respekt haben, dann nur wegen deines Alters! Wenn ich dich ›Abi‹, älterer Bruder, nenne, kommt das nur von meiner Erziehung! Wer bist du denn eigentlich, was bildest du dir ein?«

Yusuf hatte von Ayşe solche Worte nicht erwartet. Er stand schweigend auf, sammelte seine Sachen hastig zusammen und warf sie in seine Tasche. Mit zerknirschtem Gesicht sah er Ayşe an und sagte gehässig: »Ich bemitleide deinen Mann, Allah helfe ihm! Du hast eine spitze Zunge!« Er nahm schnell seine Tasche und ging zu seinem Arbeitsplatz.

Ayşe schüttelte den Kopf. »Du blöder, ungeschliffener Kerl! Ganz im Gegenteil, Allah helfe deiner Frau, die mit einem Mann wie dir leben muss.«

Die Geige

Nach zwei Wochen Abwesenheit kam ihr Mann wieder nachhause. Er war weggefahren, ohne Bescheid zu geben. Sie fühlte sich beleidigt und war böse auf ihn. Trotz allem kochte sie für seine Rückkehr etwas Besonderes, besorgte eine Flasche Raki und stellte Blumen auf den Tisch. Sie hatte auch eine Überraschung vorbereitet, damit sie ihn in Stimmung bringen konnte, um ihr Ziel zu erreichen.

Schweigend saß sie ihm gegenüber und beobachtete ihn, um zu erfahren, was er dachte und vorhatte. Er sah zerstreut und appetitlos aus und schien in seine Gedanken vertieft zu sein, während sich seine Augen und Hände mit dem Rakiglas beschäftigten. Er leerte es mit drei oder vier Schlucken und goss es gleich wieder voll. Als er in die Wohnung gekommen war, hatte er sie nicht geküsst, sondern nur kurz »Hallo!« gesagt. Er tat dabei so, als hätte er ihre ausgestreckte Hand nicht gesehen. Sie merkte, dass er immer noch böse auf das war, was sie ihm am Telefon gesagt hatte. Sie wollte aber so lange warten, bis er selber die Sache ansprach. Sie wusste, dass sein Schweigen nicht lange dauern würde.

»Wann ist Ferdi ins Bett gegangen?«, fragte er auf einmal.

»Wir haben lange auf dich gewartet. Vor einer halben Stunde ist er auf der Couch eingeschlafen und ich musste ihn ins Bett bringen«, antwortete sie. Ihre Augen aber trafen seine Blicke nicht. Er hatte immer noch einen hängenden Kopf und überlegte.

»Ich hätte noch eher kommen können, aber ich bin bei

meiner Schwester vorbeigefahren, und wir haben uns etwas unterhalten. Wie geht's ihm? Ist er regelmäßig in der Schule gewesen?«

»Na ja, es geht ihm wie immer. Er ist gesund und besucht immer die Schule. Aber er hat Sehnsucht nach dir, jeden Tag hat er nach dir gefragt.«

»Ich habe auch immer an ihn gedacht. Es tut mir leid, ich habe gar keine Gelegenheit gehabt, für ihn ein Geschenk zu besorgen. Wir waren dauernd draußen. Auch am Wochenende.«

Als sie die Sehnsucht ihres Sohnes beschrieb, wollte sie ihre eigene zur Sprache bringen. Aber sie wusste nicht, ob in seiner Sehnsucht auch für sie Platz war? Vielleicht. Wenigstens hoffte sie es. Vielleicht wollte er es indirekt sagen und sich wegen seines Verhaltens entschuldigen.

»Das ist auch nicht nötig«, antwortete sie jetzt. »Hauptsache, du bist wieder gesund zurückgekommen.« Sie lächelte und sah ihn an.

Doch seine Blicke hingen nach wie vor am Rakiglas. Sie kannte ihn und wusste, dass er, wenn er etwas Unangenehmes in sich trug, lange zu schweigen im Stande war. Sie fing an, sich Sorgen zu machen. Bevor er nachhause gekommen war, hatte er sich also mit seiner Schwester getroffen, obwohl ihre Wohnung nicht auf dem Weg lag. Wer weiß, was Cennet ihm erzählt hatte?

»Ich habe meine Arbeit gekündigt.«

»Gekündigt? Warum?«

»Die Firma wird nach München verlegt. Entweder müsste ich jede Woche hin- und herpendeln oder wir müssten umziehen. Aber innerhalb eines Jahres zweimal umziehen wollte ich nicht.«

Birgül war überrascht und dennoch froh, dass er entschieden hatte, in Berlin zu bleiben. Somit würde sie die neue Stelle annehmen können. Sie dachte, das wäre der richtige Moment, mit ihm darüber zu reden.

»Das ist deine Arbeit, Veli. Das musst du selber entscheiden. Ich wollte dir auch …«

»Bevor ich weggefahren bin, habe ich schon gekündigt«, fügte er hinzu und schnitt ihr das Wort ab. »Nach der Kündigung müsste ich normalerweise noch sechs Wochen arbeiten, aber zwei Wochen sind schon vorbei und übrig sind noch vier Wochen. Ich werde zum Arzt gehen und mich krankschreiben lassen.«

»Gut, in der Zwischenzeit kannst du eine neue Arbeit suchen.«

»Das ist auch schon erledigt, durch die Hilfe eines Freundes. Als Kellner. Das ist viel leichter als Bauarbeit. Mit Trinkgeld verdiene ich mehr als auf dem Bau. Der einzige Nachteil ist die Nachtarbeit.«

»Ein türkisches Restaurant?«

»Nein, ein Italiener. Ich mache erst ein paar Tage Pause, und dann fange ich an zu arbeiten. Während der Krankschreibung natürlich. Und schwarz.«

»Schön«, sagte sie erleichtert. Obwohl er ihr vorher nichts davon gesagt hatte und sie darüber enttäuscht war, wollte sie sich nicht mit dieser Sache aufhalten. Sie hatte Wichtigeres vor. »Ich habe für dich eine Überraschung, Veli! «

Zum ersten Mal hob Veli den Kopf hoch und sah seine Frau nachdenklich und auch ein bisschen spöttisch an. »Überraschung? Was für eine?«

»Nach einer Überraschung darf man nicht fragen, Veli.

Du sollst deine Augen schließen und abwarten! Okay? Jetzt machst du bitte die Augen zu und wartest, bis du meine Stimme hörst!«

»Na gut, wie du willst«, sagte er, nahm noch einen Schluck Raki, lehnte sich nach hinten, verschränkte seine Arme auf der Brust zusammen und machte die Augen widerwillig zu.

Birgül rannte ins Zimmer ihres Sohnes und kam mit einer Geige zurück. Sie hatte in der Türkei eine Musiklehrer-Ausbildung absolviert, aber keine Stelle als Lehrerin gefunden und lange gewartet. Nachdem ihr Freund Haydar, den sie einmal heiraten wollte, eine Stellung an einer Schule in Ostanatolien bekommen und Monate später einen Brief geschickt hatte, in dem er die Heirat mit einer Kollegin bekannt gab, war für sie die Welt untergegangen. Veli, ein Deutschländer, stammte aus demselben Dorf und machte dort Urlaub. Er hatte sie einmal gesehen und schickte seine Großmutter mit einem Heiratsantrag zu ihr. Ohne zu zögern nahm sie an und dachte, Veli könne vielleicht ihr gebrochenes Herz heilen.

Als sie die Geige vor einigen Tagen nachhause gebracht hatte, hatte sie sie umarmt und geküsst wie ihr eigenes Kind. Sie hatte jeden Tag darauf geübt, um sich auf den heutigen Tag vorzubereiten.

Birgül kam mit der Geige ins Wohnzimmer zurück, legte sie unter ihr Kinn, nahm den Geigenbogen in die Hand und spielte. Das Zimmer erfüllte eine melancholische Melodie. Sie spielte und sang ein Lied, das ihr Mann früher sehr gemocht hatte.

»An einem Frühlingsabend traf ich sie, sie waren traurig und aufgeregt.«

Spielend und singend ging sie durch das Zimmer und beobachtete die Wirkung der Musik auf dem Gesicht ihres Mannes. Als sie noch in dem kleinen Städtchen in Westdeutschland gelebt hatten, hatte sie das gleiche Lied auf dem Klavier gespielt, das ihrer Nachbarin Inge gehörte. Veli hatte immer hinter ihr gestanden, ihre Haare gestreichelt und mitgesungen. Damals war er arbeitslos gewesen und sie arbeitete auch nicht. Trotzdem waren sie glücklich. Nachdem sie nach Berlin umzogen waren, beide arbeiteten und gutes Geld verdienten, wurde alles anders.

Veli zündete sich eine Zigarette an und sein Gesicht blieb hinter dem Rauch verborgen wie ihr damaliges Glück. Berlin hatte aus ihm einen anderen Menschen gemacht. Er fing an zu trinken, kam immer betrunken und spät nachhause. Sie wusste nicht, wo er so lange blieb und was er machte. Veli schwieg wie ein Grab.

»Nachdem ich tief in deine Augen schaute, warum neigte sich ihr Kopf?«

Damals war Veli ehrlich und offenherzig wie ein Kind zu ihr. Er hatte alles über seine Kindheit und seine Probleme erzählt. Dass er im Dorf keine Freundin gehabt habe und sie seine erste Liebe gewesen sei. Weil kein türkisches Mädchen mit einem Jungen Kontakt haben durfte und kein deutsches Mädchen etwas mit einem türkischen Jungen zu tun haben wollte.

Und nun schienen sie beide sogar die Farben ihrer Augen vergessen zu haben. Sie vermutete, dass er andere Frauen hatte. Sie hatte ein paar Mal auf seinem Pullover blonde Haare gefunden, aber nie danach gefragt. Sie wollte ihn nicht zur Rechenschaft ziehen und den Respekt verlieren, der sie noch verband.

Nachdem sie mit dem Lied fertig war, stellte sie die Geige an die Wand, ging zu ihm und setzte sich auf seinen Schoß. Sie nahm sein Gesicht zwischen ihre Hände, senkte ihren Blick in seine Augen und fragte mit tiefer Stimme: »Erinnerst du dich an dieses Lied?«

Veli hielt ihre Handgelenke heftig fest und riss ihre Hände auseinander. »Erzähl mir kein Märchen, Birgül! Woher hast du die Geige?« Er umklammerte mit seinen Fingern ihre Schultern, stach seine Blicke wie ein Messer in ihre Augen und schüttelte sie. »Ha, sag mir, woher hast du dieses Scheißding?«

»Sie ist aber sehr wertvoll, Veli«, antwortete sie, um Zeit zu gewinnen.

»Das habe ich nicht gefragt! Ich will wissen, woher du die Geige hast?«

Der Zorn in seinen rot gewordenen Augen erschreckte Birgül und machte ihr Angst. Obwohl sie sagen wollte, dass sie die Geige von Tomi geliehen hatte, verzichtete sie darauf und sagte leise: »Der Leiter der Musikschule hat sie mir geborgt.«

»Gleich morgen bringst du sie zurück und gibst sie ab!«

»Wozu diese Eile, Veli? Sie gehört der Schule. Bis ich mir eine andere besorgt habe, kann ich sie behalten. Ich trete sowieso am Anfang des nächsten Monats eine Stelle dort an.«

»Nein, Birgül! Morgen bringst du sie hin und nimmst auch die Arbeit nicht an! Wenn du unbedingt eine Geige haben willst, besorgen wir dir eine auf dem Flohmark! Du kannst damit spielen, so lange du willst!«, sagte er barsch und schob sie von seinem Schoß weg.

Sie stand auf, ging zu ihrem Stuhl und setzte sich. Sie war verblüfft und zornig. Ihr Gesicht wurde blass, ihre Lippen zitterten vor Erregung. Von Anfang an hatte sie geahnt, dass er dagegen sein würde, ohne allerdings mit solch einer Grobheit und Hartnäckigkeit gerechnet zu haben. Sie war davon überzeugt, dass seine Schwester mit ihm darüber gesprochen hatte. Aber sie war fest entschlossen, egal, wer dagegen war und was gesagt wurde, diese Gelegenheit zu nutzen. Sie wusste genau, dass es ihr eigener Fehler gewesen war, außerhalb der Umgebung ihrer Schwägerin keine neue Bekanntschaft gesucht zu haben. Über Beziehungen hatten viele Leute, die auch keine Lehrbefähigung besaßen, eine Dauerstellung als Lehrer bekommen – und sie war Putzfrau geblieben. Unerwartet bot sich ihr da eine Chance, die sie nicht verpassen wollte.

Sie atmete tief durch, lächelte ihren Mann an, der sich noch ein Glas Raki eingoss. »Gut, Veli. Wenn du mir sagst und mich überzeugen kannst, warum ich die Arbeit nicht annehmen soll, werde ich darauf verzichten. Nun sag mir, warum?«

»Ich will darüber nicht diskutieren, verdammt noch mal!«

»Wir müssen, Veli! Denn ich habe den Vertrag schon unterschrieben!«

»Dann musst du ihn auflösen!«

»Was ist denn bloß los mit dir, Veli? Früher hast du mir noch zugehört, immer nach meiner Meinung gefragt und mit mir vernünftig diskutiert. Warum willst du das nicht mehr?«

»Es ist besser, wenn wir endlich damit aufhören!«

»Nein, werden wir nicht! Weil es für mich sehr wichtig ist und ich weiß, dass ich eine solche Gelegenheit nie wieder bekommen werde! Du musst mir offen sagen, warum du nicht willst! Du darfst mich nicht wie ein Kind behandeln! Ich bin deine Frau, vergiss das nicht!«

Veli ging zum Fenster, seine Blicke waren nach draußen gerichtet. Er murmelte: »Wer sagt dir, dass du arbeiten musst? Wenn du willst, kannst du deine Putzarbeit auch sofort kündigen. Deinen Verdienst gibst du sowieso der Pflegerin. Bleib zuhause und kümmere dich um dein Kind!«

»Nein, für dich mag das vielleicht so einfach sein, aber nicht für mich. Ich hab mir jahrelang Mühe gegeben und Musik studiert. Jetzt habe ich endlich die Gelegenheit, wieder zu einer Arbeit zu kommen. Du musst versuchen, mich zu verstehen, Veli!«

»Du kannst deine Musik zuhause machen!«

»Nein, du verstehst mich überhaupt nicht. Du willst mich nicht verstehen. Du hast doch gehört, dass ich einen Vertrag unterschrieben habe.«

»Du hast mich nicht gefragt!«

Das Blut schoss ihr in den Kopf. »Wie sollte ich dich fragen, Veli? Du bist weggefahren, ohne Bescheid zu geben! Innerhalb von zwei Wochen hast du nur ein einziges Mal angerufen und wolltest mir nicht zuhören. Und ich hatte sowieso den Eindruck, als hättest du schon davon gewusst, bevor du es von mir gehört hast. Von wem, wenn ich fragen darf?«

»Von niemandem. Wir waren an einem Ort, wo es kein Telefon gibt.«

»Du hast aber oft mit deiner Schwester telefoniert.«

»Nein, du irrst dich!«

Sie schaute ihn so scharf an, als hätten ihre Augen schreien wollen: »Du Lügner!«, blieb aber freundlich. »Sei bitte ehrlich, Veli. Du hast jeden Tag deine Schwester angerufen. Sie hat jeden Tag mit mir telefoniert, als hätte sie sagen wollen, dass du mit mir nicht reden willst. Nein, nein! Damit ich dich nicht zur Rechenschaft ziehe. Ich möchte das nur sagen, damit du weißt, dass ich meinen Vertrag nicht auflösen werde.«

»Du musst es!«

»Nein, das werde ich nicht tun! Weißt du, was mich gewundert hat? Als ich diese Putzarbeit angenommen habe, warst du nicht dagegen! Aber jetzt bekomme ich eine saubere Arbeit und du bist dagegen! Das verstehe ich nicht!«

»Ja, richtig!«, sagte er gellend. »Ich will nicht, dass du an dieser Schule arbeitest! Und du bringst ab morgen das Kind nicht mehr zu dieser Frau! Hast du endlich verstanden, was ich meine?« Er goss sich noch ein Glas Raki ein, trank die Hälfte und nahm ein Salatblatt mit der Gabel. Aber es fiel runter auf den Tisch, und Veli warf die Gabel weg, ging wieder zum Fenster und schrie, ohne seine Frau anzuschauen: »Ich will es nicht, Birgül, ich will es nicht!« Er trampelte heftig auf dem Fußboden herum.

»Ich glaube, ich verstehe, woher der Wind weht«, sagte Birgül und schüttelte den Kopf. »Okay, Veli, sag mir bitte, was deine Schwester dir gesagt hat? Ich bin ganz Ohr.«

»Was sollte sie sagen? Nur das, was sie von Leuten gehört hat! Aus Scham konnte sie niemanden ansehen! Jeder hat von dir geredet!«

»Wie bitte?«

»Ja! Weißt du nicht, was für eine Schande du über mich gebracht hast?« Er ging zu ihr und stand vor ihrer Nase. »Weißt du, was für ein Gerede unter den Leuten verbreitet wird? Ha, weißt du das?« Er drehte sich um, saß auf seinem Platz und schlug mit der Faust auf den Tisch. »Ich sei ein Gehörnter«, brüllte er und sah seine Frau mit großen Augen an. »Weißt du, was das bedeutet?«

»Das ist eine verdammte Lüge!«

»Ach ja? Mit dem bärtigen Mann bist du mitten in der Nacht spazieren gegangen und ihr habt euch umarmt? Ist das auch eine Lüge?«

»Umarmt? Ich schwöre bei Allah, das ist eine Verleumdung, Veli! Bitte glaub mir! Er ging neben mir und hatte Ferdi in seinen Armen. Stell dir bitte vor, ich arbeite bis spätabends und gehe Ferdi abholen, und er war eingeschlafen. Seinen Schlaf kennst du ja. Ich hab versucht, ihn zu wecken, konnte es aber nicht. Ich musste ihn in den Arm nehmen und tragen. Tomi, der Bruder von Helga, war da und wollte mir helfen. Er hat das Kind bis zum U-Bahnhof getragen. Das ist alles.«

»Und die Verabredungen in der Schule?«

»Verabredungen? Nur einmal habe ich ihn in der Schule getroffen. Er hat mich mit dem Schulleiter bekannt gemacht. Alle drei zusammen haben wir die Schule besichtigt. Alles andere ist Lüge, ihre Lüge! Ich bin dumm gewesen, und was passiert ist, habe ich ihr alles erzählt. Und sie hat verdreht, was sie von mir gehört hat. Ich hab mir gar nicht vorstellen können, dass Cennet so böswillig sein könnte! So eine Unverschämtheit habe ich von ihr nicht erwartet!«

»Es gibt keinen Rauch, wo nicht auch Feuer ist, sagt ein Sprichwort! Du darfst nicht mit ihm in einer Schule arbeiten! Ich sage noch mal, ich will nicht mehr darüber reden! Und jetzt halt dein Maul und vergiss alles! Hast du verstanden?«

Birgül versetzte sich in seine Lage. Obwohl es eine Lüge war, konnte sie ihn verstehen. Sie musste ihm beweisen, dass seine Schwester gelogen hatte, um ihre Ehe zu zerstören.

»Veli, wenn du willst, kann ich meine Hand auf den Koran legen und schwören. Cennet lügt. Von Anfang an war sie gegen unsere Heirat. Sie hat uns nach Berlin geholt, um unsere Ehe zu zerstören. Wenn du ihr glaubst und mir nicht, geht unsere Ehe den Bach runter. Glaub mir, ich habe keine Treulosigkeit begangen! Und niemand sagt etwas Schlechtes hinter meinem Rücken! Nur Cennet, nur deine Schwester! Damit sie unsere Ehe entzweien kann! Den Mann, Tomi, habe ich zufällig bei Helga kennen gelernt. Nachdem er wusste, dass ich Musiklehrerin bin, hat er versprochen, mir zu helfen, und dies auch getan. Weil er auch Musiker ist und an der Musikschule arbeitet. Von dieser ersten Begegnung bis zum Vertragsabschluss habe ich alles Cennet erzählt, aus Freude! Sie hat alles manipuliert! Sie ist eine gehässige, böswillige Lügnerin! Glaub mir!«, sagte sie unter Tränen. Und sie streckte ihre Hände aus und wollte seine nehmen.

Veli zog seine Hand weg und schlug ihre. Er sah sie böse an und zischte durch die Zähne: »Meine Schwester lügt, die Bekannten und Nachbarn lügen! Du, nur du sagst die Wahrheit, ha? Das kannst du jemand anders weismachen!«

»Nein, Veli. Nur sie lügt, kein anderer. Der Mann wollte mir nur helfen.«

»Für was?«

»Wie kannst du mit mir so reden, Veli? Wenn du jemandem hilfst, erwartest du da eine Gegenleistung?«

»Ich glaube dir nicht!«, rief er. Er goss den übrig gebliebenen Raki in sein Glas, trank ihn ohne Wasser, schlug das Glas auf den Tisch und zündete sich noch eine Zigarette an.

Birgül stand auf und begann, den Tisch aufzuräumen. Sie wusste nicht, was sie ihm noch sagen sollte. Sie wusste jedoch, der Respekt und die Rücksicht, die sie füreinander empfunden hatten, waren schon längst verloren gegangen. Sie sagte schluchzend: »Der Lüge deiner Schwester hast du geglaubt, aber allen meinen Wahrheiten nicht!«

»Ja, ich glaube ihr mit ganzem Herzen! Weil sie niemals gelogen hat wie du! Sie ist so eine anständige und ehrenhafte Frau, die ihren Mann nicht entehren lässt! Du wirst nicht mal im entferntesten Sinne an meine Schwester herankommen! Du bist nicht mehr wert als ihre abgeschnittenen Fingernägel!«

Wie vor den Kopf geschlagen packte Birgül nun die Erregung. Mit Tellern in der Hand stellte sie sich vor ihm hin, wischte sich ihre Tränen ab und sagte mit sarkastischem Unterton in der Stimme: »Ach, ja? Deine Schwester ist also eine anständige und ehrenhafte und ich bin eine unanständige und ehrlose Frau, ha? Das wolltest du sagen, nicht? Wenn ich geheime Ränke schmieden würde wie sie, hättest du mit mir nicht so rücksichtslos geredet!«

»Wenn du weiter Schmutz schleuderst, schneide ich dir deine Zunge ab! Du Hure!«

Als sie das Wort »Hure« hörte, wurde sie wie wahnsinnig. Ihr zitterten die Hände, ja der ganze Körper. »Hure, ha? Und du willst mir die Zunge abschneiden? Wenn du die Zunge einer Hure abschneiden willst, nimm die deiner Schwester! Ihre giftige Schlangenzunge! Ich hab mich sowieso selber mundtot gemacht, aber was habe ich davon? Ich wurde von meinem eigenen Mann Hure genannt! Ich bin keine Hure, Veli! Deine Schwester ist jedoch eine! Jawohl, ich hab es mit meinen eigenen Augen gesehen! Nämlich wie sie aus der Wohnung ihres deutschen Nachbarn herauskommen ist und ihn geküsst hat!«

»Du Lügnerin!«, schrie Veli, packte sie am Kragen und schüttelte sie. »Du lügst, du widerliche Hure! Du willst deinen Schmutz vertuschen und an meiner Schwester Rache nehmen!«

Birgül zog sich zurück und befreite sich von ihm. »Vertuschen? Niemals! Jawohl, ich will meine Rache! Aber nicht mit der Lüge wie sie, sondern mit einer Wahrheit!« Sie brach in hysterisches Gelächter aus. Ihre großen schwarzen Augen funkelten vor Zorn und schleuderten ihm Hass und Verachtung entgegen. Sie tobte heulend weiter: »Kannst du dich erinnern, als du mich bei ihr im Stich gelassen hast und mit deinem Schwager weggegangen bist? Sie sagte zu mir, sie wolle zur Omi, zu einer alten Nachbarin! Erinnerst du dich, dass ich alleine nachhause gekommen bin? Weil ich von ihr allein gelassen wurde! Auf der Treppe habe ich die beiden gesehen! Sie war bei ihm gewesen und sie wollten sich verabschieden. Er mochte sie aber nicht loslassen, daher sagte sie lachend: ›Hast du noch nicht genug, du Gieriger! Ich komme morgen wieder!‹ Ja, sie sagte es! Und sag mir jetzt, wer eine Hure ist? Deine Schwester oder ich?«

»Genug!«, brüllte er und gab ihr eine Ohrfeige.

Was Birgül in der Hand hielt, fiel herunter. Sie kippte auf den Tisch. Gleichzeitig spürte sie an ihrem Hals seine Finger wie eine Zange. Sie griff nach seinen Händen und versuchte loszukommen. Der Tisch stürzte um und Birgüls kleiner Körper blieb an seinen Händen hängen wie eine Katze. Sie flatterte wie ein Vogel, hörte ihn, konnte aber keine Antwort geben.

»Du Hure, du! Was willst du von meiner Schwester? Sag es mir, sag, dass du eine Lügnerin bist! Und sag mir, wie oft du mit ihm geschlafen hast? Schnell, sonst werde ich dich erwürgen!«

Birgül kam wieder zu sich. Ihre Wut wechselte bald zu grenzenloser Angst. Todesangst. Sie ließ seine Hände los, fasste seinen Hals und hängte sich daran. Sie zog ihr rechtes Knie zurück, sammelte ihre ganze Kraft und stieß es in seine Leiste. Sie stürzten zusammen und fielen um. Birgül versuchte, von ihm wegzukommen und sich zu befreien. Veli stand seine Leisten reibend auf, fasste ihre langen Haare und zog sie hinter sich her. Er bemerkte die Geige, nahm sie und schlug Birgül damit. Sie hörte ihn, unfähig, eine Antwort zu geben.

»Du billige Hure, du! Dieses Scheißding war dein Preis, nicht wahr?« Er schlug und schlug sie weiter, bis der Geigenhals in seiner Hand blieb. Dann warf er ihn weg und gab ihr einen Fußtritt in die Hüfte.

Der Tisch, die Stühle, das Geschirr, die Vase, die Blumen lagen überall im Zimmer verstreut. Birgüls blutiges Gesicht lag in ihren Armen und Händen, ihre Knie befanden sich an ihren Leisten, und sie wickelte sich ein wie ein Knäuel. Sie blieb bewusstlos, bis sie die schluchzende Stimme ihres Sohnes hörte. Sie machte die Augen auf, sah ihren Sohn und das Zimmer an. Veli war nicht mehr da. Ferdi saß neben ihr und weinte. Sie zog ihn zu sich und nahm ihn in die Arme. Ihre Tränen und ihr Schluchzen vermischten sich mit seinen.

*

»Hallo, Birgül!«, sagte Helga, nachdem sie die Wohnungstür aufgemacht hatte. Sie zog ihre Küchenhandschuhe aus, streckte die Hand und drückte ihre. »Komm rein, ich hab Kuchen im Ofen! Wir essen und trinken Kaffee zusammen.«

Birgül ließ ihre Hand los, wollte aber nicht rein. »Danke, Helga, ich habe gar keine Zeit. Ich muss Ferdi mitnehmen und nachhause gehen.«

»Nein, es geht nicht! Ferdi wartet auf Kuchen, ich hab es ihm versprochen! Komm rein, es dauert nicht lange!« Sie zog ihre Brille auf der Nase etwas zurück und sah Birgül über die Fassung hinweg genau an. Ihr Lächeln verflog von ihrem Gesicht, sie warf einen flüchtigen Blick auf den Korridor, fasste Birgüls Arm an und zog sie in die Wohnung. »Mensch, was ist denn mit dir passiert? Deswegen wolltest du nicht rein? Jemand hat dich geschlagen!«

Birgül trug eine schwarze Sonnenbrille, die Schwellungen, die geplatzten und zerdrückten Stellen auf der Stirn hatte sie mit Puder verstecken wollen, während ein dunkelroter Lippenstift die Verletzungen ihrer Lippen kaschierte. Sie versuchte, etwas zu sagen, schaffte es aber nicht. Die Worte verknoteten sich im Hals. Sie klammerte sich an Helga und fing an zu schluchzen. Helga war für Birgül nicht nur die Pflegerin ihres Sohnes, sondern auch eine enge Freundin, wie eine eigene Schwester oder Mutter. Helga hatte jahrelang als Vorschullehrerin gearbeitet, bis sie in den Ruhestand versetzt worden war. Sie hatte mehrere Jahre Kinder zuhause gepflegt und vor zwei Jahren damit aufgehört. Und nun betreute sie nur Ferdi und wollte ihr einen Gefallen tun, weil sie Birgül als eine Kollegin angenommen hatte. Ein Taxi brachte Ferdi morgens in die Schule und danach zu ihr. Nach der Arbeit holte Birgül ihn ab.

Helga sagte kein Wort, streichelte Birgüls Rücken und wartete, bis sie sich wieder beruhigte. »Komm!«, sagte sie nach einer Weile. »Ferdi spielt allein im Wohnzimmer, wir gehen in die Küche und unterhalten uns.« Sie nahm Birgül am Arm und brachte sie zur Küche, holte eine Packung Papierhandtücher aus der Kitteltasche und gab sie ihr. »Hier, setz dich hin und putz die Nase!«

Nachdem Birgül damit fertig war, fragte sie leise: »Es war dein Mann, nicht wahr?«

Birgül nickte.

»Ich hab ihn ein paar Mal gesehen, mir aber vom Aussehen her gar nicht vorstellen können, dass er so brutal sein kann. Oh, meine Kleine! Oh, mein armes Kind!« Sie versuchte, ihre Haare zu streicheln, zog ihre Hand aber wieder zurück. »Du hast auch Beulen am Kopf!«

»Mein ganzer Körper ist übersät mit Beulen und blauen Flecken.«

»Womit hat er dich geschlagen?«

Birgül erzählte ihr alles. Zum Schluss drückte sie ihr Bedauern aus: »Ich mach mir Sorgen um die Geige, Helga. Solch eine wertvolle Geige kann keiner ersetzen. Ich weiß nicht, was ich Tomi sagen soll.«

»Du hast Recht, sie war eine Antiquität. Aber nachdem du so etwas erlebt hast, kann keiner etwas dagegen sagen. Wenn Tomi davon hört, wird er nicht über die Geige, sondern über dich betrübt sein. Mach dir keine Sorgen, ich werde mit ihm darüber reden. Heute hatte er eine Gerichtsverhandlung und wollte danach zu mir.«

»Bevor er kommt, muss ich gehen, Helga! Wie kann ich mich mit diesem lädierten Gesicht zeigen? Und wie soll ich ihm erzählen, was mit der Geige passiert ist? Bitte lass mich gehen!«

»Vergiss es, Birgül! Überlass das mir! Solange der Kuchen nicht fertig ist, darfst du nirgendwohin! Wenn du willst, kann ich ihn auch einpacken. Und sagst du mir, was du vorhast?«

»Was?«

»Ich meine deinen Mann betreffend. Was willst du mit ihm machen?«

»Ich weiß nicht, Helga.«

»Warst du beim Arzt?«

»Nein.«

»Warum nicht?«

»Weil ich Angst habe, darüber befragt zu werden. Und ich möchte nicht sagen, wie es geschehen ist. Weil ich auch meine Schuld daran trage, Helga. Ich hätte mich vielleicht etwas anders verteidigen können und seine Schwester nicht beschuldigen sollen.«

»Birgül, hör mir bitte zu! Wie du erzählt hast, hast du alles versucht, ihn zu überzeugen. Du hast es aber nicht geschafft. Was konntest du noch sagen? Nichts. Du bist nicht die erste Frau, die vom Ehemann misshandelt wurde und du wirst auch nicht die letzte sein. Diesen bitteren Geschmack habe ich auch kosten müssen. Ich bin zu meiner Rettung nach Berlin geflohen. Glaubst du, in unserem Land passiert so etwas nicht? Die Frauenhäuser sind voll mit Frauen wie dir.« Helga zuckte mit den Achseln und nickte. Sie putzte ihre trüb gewordene Brille und fragte sie: »Was sagst du dazu, wenn ich dich in ein Frauenhaus bringen würde?«

»Nein, Helga, das kann ich nicht! Solch ein Verhalten wird nicht mal von den Frauen aus unserer Gesellschaft akzeptiert! Und mein Mann fühlt sich dann noch mehr in seiner Ehre gekränkt. Auch wenn er es selbst gar nicht wollte, könnte er mich nicht in Ruhe lassen und es kann noch Schlimmeres geschehen.«

»Ich kenne eure Sitten nicht so gut, aber das darfst du nicht vergessen, Birgül. Wenn jemand seine Frau einmal verprügelt hat, tut er es auch ein zweites und drittes Mal. Und es geht so weiter und wird immer schlimmer. Du musst dir darüber klar werden und entscheiden, was du dagegen unternehmen kannst. Und was machst du, wenn dein Mann wieder nachhause kommt und dich noch einmal verprügelt?«

»Ich weiß nicht, Helga«, murmelte Birgül, nickte und holte tief Luft. »Ich weiß nicht, was noch passieren wird, und ich weiß auch nicht, was ich tun soll!«

»Bist du sicher, dass dein Mann nicht wieder nachhause kommt?«

»Nein, das weiß ich eben nicht. Heute ist der dritte Tag, er hat sich nicht blicken lassen. Ich weiß nicht, ob er heute oder morgen kommt.«

»Dann sage ich dir, was du tun sollst. Du bleibst ein paar Tage bei mir und überlegst in Ruhe. Morgen musst du zum Arzt gehen und dich krankschreiben lassen. In diesem Zustand darfst du nicht arbeiten. Hast du deinen Arbeitgeber angerufen und ihm Bescheid gesagt, dass du krank bist?«

»Ja«, erwiderte Birgül, fasste Helgas knochige, mit vielen Leberflecken bedeckte Hand an und streichelte sie. »Vielen Dank, Helga, für dein freundliches Angebot. Aber das kann ich nicht annehmen, weil sich doch alles um Tomi dreht. Wenn ich hier bei dir bleiben würde, dann geben alle meine Freunde, auch die Frauen, meinem Mann Recht und glauben, dass alle Behauptungen richtig seien. Das ist unmöglich für mich.«

»Wie ich eure Sitten nicht verstehe, verstehe ich auch dich nicht.«

Es klingelte.

»Das muss Tomi sein«, sagte Helga und ging zur Tür.

Birgül ergriff ihre Tasche, lief auf die Toilette und schloss sich ein. Sie wusste nicht, was sie machen sollte. Sie schämte sich, mit einem fremden Mann über ihre Privatsache zu reden. Sie schaute in den Spiegel und sah ihr Gesicht an. Durch das Weinen hatte sich alle Farbe gelöst, die sie aufgetragen hatte. Sie machte sich wieder frisch. Vor Aufregung musste sie dauernd Wasser lassen. Sie wartete noch eine Weile, pinkelte ein letztes Mal und kam heraus. Zögernd und beschämt ging sie ins

Wohnzimmer. Ferdi spielte auf dem Teppich mit einem Auto und aß sein Stück Kuchen. Auf dem Tisch standen eine Kaffeekanne, Tassen und Kuchen auf einem großen Teller. Helga und Tomi saßen nebeneinander und flüsterten.

Als er Birgül bemerkte, stand er auf und gab ihr seine Hand. »Guten Tag, Frau Yilmaz. Helga hat erzählt, was passiert ist. Es tut mir leid, ich fühle mich mitschuldig. Aber wegen der Geige brauchen Sie sich keine Sorgen zu machen.«

»Es tut mir auch leid, ich weiß nicht, was ich Ihnen sagen soll.«

»Vergessen Sie es.«

Birgül setzte sich in den Sessel. Ferdi ließ seinen Kuchen stehen, kam, seine beiden Beine schleppend, zur Mutter und klammerte sich an sie. Er war durch Kinderlähmung behindert. Birgül beschäftigte sich kopfnickend mit ihm, streichelte seine langen lockigen Haare und schwieg. Sie schämte sich, dass Tomi alles über sie von Helga erfahren hatte. Sie fühlte sich, als wäre sie nackt.

»So«, sagte Helga und wollte das Thema wechseln. »Worauf warten wir? Der Kaffee wird kalt.« Birgül konnte aufgrund der Schmerzen im Mund nicht richtig essen und den heißen Kaffee trinken. Um das zu verheimlichen, fütterte sie ihren Sohn mit ihrem Kuchen. Helga fragte, ob der Kuchen gut sei. Beide bejahten und schwiegen wieder.

Helga wollte die Atmosphäre noch einmal auflockern und fragte ihren Bruder: »Na dann, erzähl mal, Tomi, wie war die Verhandlung? Ist ein Beschluss gefasst worden?«

»Ja, ja, endlich.«

»Oh, wie schön!«, deutete Helga Zufriedenheit an und erklärte Birgül: »Die Scheidungen sind in diesem Land ein großes Problem geworden. Obwohl beide Parteien sich geeinigt haben, dauert es Jahre. – Es hat bei euch fast zwei Jahre gedauert, nicht wahr?«, fragte sie Tomi noch einmal.

»Achtundzwanzig Monate«, antwortete er lächelnd. »Nach der Verhandlung waren wir in einem italienischen Restaurant. Erikas Freund war auch dabei.«

»Trotz allem mag ich Erika«, sagte Helga lächelnd. »Nettes Mädchen. Aber ihr passt ja nicht zusammen. Ich hoffe, dass es mit ihrem neuen Freund besser klappt.«

»Ich glaube schon«, sagte Tomi. »Ihr neuer Freund ist lustig und heiter. Er hat uns dauernd Witze erzählt und zum Lachen gebracht. Es schien mir, dass er sie auch sehr liebt. Er hat gerade mit ihr zwei Wochen Urlaub gemacht, sie sind in Paris gewesen.« Tomi drehte sich zu Birgül um und lächelte. »Übrigens, ein Landsmann von Ihnen, Frau Yilmaz. Er ist nett und sehr gastfreundlich. Er hat uns zum Essen eingeladen. Er sagte, er sei Maurer, wolle aber dort, wo wir gegessen haben, als Kellner arbeiten. Sie kennen ihn vielleicht.«

»Kann sein, wie heißt er denn?«

»Veli. Sein Nachname wurde aber nicht erwähnt.«

Helga lobte Birgül: »Ja, ja, die Türken sind alle gastfreundlich.«

Aber Birgül hörte sie nicht mehr. Plötzlich schoss ihr ein irrwitziger Gedanke durch den Kopf. Veli, ein stattlicher Türke, das italienische Restaurant, zwei Wochen Urlaub in Paris. Sie fühlte einen Stich ins Herz. Aber Veli war ja nicht in Paris gewesen, er hatte doch in München gearbeitet.

Angstvoll fragte sie: »Wie sieht er aus?«

Tomi spielte nachdenklich mit seinem Barbarossabart und entgegnete: »Na ja: stattlich, schlank, lockige lange Haare und graublaue Augen … Ach ja, er lispelt ein bisschen.«

Birgül schauderte. Sie musste geträumt oder falsch gehört haben. Ihr Mund wurde trocken und in ihren Ohren sauste es. Ihr wurde schwarz vor Augen. Sie versuchte noch, sich am Tisch abzustützen. Ihre Hand rutschte ab und sie sank zur Seite. Helga fing Birgül auf und heulte: »Los Tomi, ruf den Krankenwagen!«

Stammbaum

Es war Wochenende.

Der Regen ließ die Fensterscheiben klappern.

Als die Frau noch schlief, stand der Mann auf, heizte den Kachelofen ein und bereitete das Frühstück vor. Nachdem sie gefrühstückt hatten, legten sie sich wieder hin.

Er streichelte ihren dicken Bauch und flüsterte: »Nicht bewegen!« Einen kurzen Moment wartete er und machte ein langes Gesicht. »Siehst du, er will nicht mehr! Du hast ihn erschreckt, und er ist böse mit dir!«

»Nein, die erste Halbzeit ist nur zu Ende gegangen und er macht Pause! Du musst warten, bis sie vorüber ist!«, erwiderte die Frau und lachte laut. Sie hatte die Arme unter dem Kopf verschränkt, lag auf dem Rücken und beobachtete ihre gespannte Bauchhaut und die Hand des Mannes.

Er lachte mit. »Weißt du was, er hat in der letzten Sekunde der ersten Halbzeit ein Tor gemacht! Es war ein Schuss, den selbst Beckenbauer nicht besser hinbekommen hätte!«

Sie brachen beide in schallendes Gelächter aus und umklammerten sich, als umarmten sie ihr gemeinsames Kind. Sie hatten geheiratet und seine Frau war sofort schwanger geworden. Ob es ein Junge oder ein Mädchen werden würde, wussten sie nicht. Aber sie hofften auf einen Jungen.

Als sie heiraten wollten, machten es sich die Verwandten und Bekannten des Mädchens in der Heimat zur

Aufgabe, festzustellen, was für eine Herkunft der zukünftige Schwiegersohn hatte. Es kamen keine guten Nachrichten. Es gab sogar Gerüchte, dass er nicht aus guten Verhältnissen stammte. Die Mutter antwortete mit einem Spruch: »Wenn man das Mädchen seinem Schicksal überlässt, heiratet es entweder einen Trommler oder einen Flötenspieler.« Der Vater gab seiner Frau Recht. Und er stellte sich gegen die Heirat. Und die Brüder meinten: »Wir hängen sie oder schneiden sie in Stücke.«

Doch sämtliche Drohungen konnten das Mädchen nicht hindern. Sie lief von zuhause weg und heiratete ihn ohne große Feier. Die Mutter weinte und raufte sich die Haare. Der Vater und die Brüder brüllten: »Sie darf unsere Wohnung nie mehr betreten!« Nach Tagen murmelten sie alle den gleichen Spruch: »Wer sein Unglück selber verschuldet hat, braucht sich nicht zu beklagen.«

Und somit wurde sie von der eigenen Familie verstoßen.

Sie besaßen nicht viel: eine Einzimmerwohnung, vom Trödler erworbene Möbel und Hausrat. Sie waren aber glücklich und setzten große Hoffnung in ihre gemeinsame Zukunft.

Er richtete sich nun auf, neigte sich leicht zu ihr und streichelte ihre schwarzen lockigen Haare. Er küsste ihre Wange, blickte ihr in die Augen und flüsterte: »Du bist bezaubernd!«

»Aber nach der Entbindung bleiben viele Risse auf meinem Bauch. Du wirst mich nicht mehr so schön finden«, antwortete.

»Es spielt keine Rolle, ich werde dich lieben wie immer.«

»Ja! Wenn ich dich nicht so sehr geliebt hätte, wäre ich nicht von zuhause weggelaufen.«

»Lohnte es sich für einen Mann wie mich, der nicht aus guter Familie stammt?«, fragte er spöttisch und zwinkerte mit dem rechten Auge.

»Na klar! Es waren doch nur Gerüchte, ich habe sie nicht geglaubt und glaube sie immer noch nicht!«

»Warum?«

»Nur so.«

»Du hättest mich aber fragen können …«

»Ich fand es nicht nötig.«

»Aber wenn es richtig gewesen wäre?«

»Es ist nicht mehr wichtig«, sagte sie gelassen und wanderte mit der Hand über ihren Bauch. »Siehst du, darunter liegt unser Kind. Es ist schon zu spät zu wissen, was für eine Abstammung du hast.«

»Glaubst du, was du sagst?«

»Von ganzem Herzen!«

»Aber vom Verstand her?«

»Auch!«

»Na gut, schön zu hören! Was sagst du, wenn ich vorschlagen würde, dass jeder von uns einen Stammbaum aufstellen soll? Dann könnten wir herausfinden, wer woher kommt und wessen Stammbaum besser ist.«

»Von mir aus, ja«, antwortete sie gleichgültig nickend. »Aber ich weiß davon nicht viel, sondern nur, was ich von meinem Vater und meiner Mutter gehört habe.«

»Es reicht. Zuerst du, dann ich. Okay?«

»Okay«, sagte sie, legte die Hände unter den Nacken, überlegte kurz und fing dann an zu erzählen: »Mein Vater ist kein reicher Mann, aber sein Großvater schon und auch ein bisschen eigenartig.«

»Eigenartig?«

»Ja. Eines Tages nahm er sein Pferd und eine Doppeltasche voll Goldstücke mit und ritt ins Taurusgebirge, wo er dann verschwand. Keiner besaß den Mut, ihm zu folgen. Jahre später tauchte er wieder auf und brachte eine hübsche Tscherkessin und einen Sohn mit. Nachdem das Kind ein junger Mann geworden war, heiratete er ein Mädchen, das mit seinen Eltern aus Ostanatolien kam und als Baumwollpflückerin arbeitete. Also eine Kurdin. Das ist alles.«

»Das heißt, dass die Oma deines Vaters eine Tscherkessin war und seine Mutter eine Kurdin«, sagte er lächelnd und ein bisschen höhnisch. »Na gut, ich hab nichts dagegen. Und deine mütterliche Seite?«

»Meine Mutter kommt aus einer mittellosen Familie. Ihr Großvater war sogar Kutscher bei den Eltern meines Vaters gewesen. Sie stammten aus der Umgebung von Kayseri. Komischerweise waren sie beide arm, als mein Vater und meine Mutter heirateten.«

»Ist das alles?«

»Ja. Und jetzt bist du dran.«

»Na gut. Nun pass gut auf! Meine mütterliche Seite war in der fruchtbaren Tiefebene von Çukurova beheimatet. Eine wohlhabende Familie. Väterlicherseits weiß ich allerdings nur bis zu meinem Großvater. Er war von Beruf Dülger, Zimmermann, gewesen, ging von Dorf zu Dorf und verdiente damit sein Brot.«

»Ach, ja! DÜLGER, dein Nachname!«

»Deiner auch.«

»Ja, ja, klar.«

»In einem Dorf lernte er ein Mädchen kennen. Sie verliebten sich ineinander, liefen zusammen fort und gründeten eine Familie. Diese Heirat brachte meinen Vater hervor. Er wurde Pferdehändler und geht diesem Beruf immer noch nach. Zuerst hatte er den Vater meiner Mutter kennen gelernt, sie wurden gute Freunde. Dadurch lernte er dessen Tochter kennen, also meine Mutter. Er heiratete sie und ein Jahr danach wurde ich geboren. – So, das ist mein Stammbaum.«

»Na bitte, dein Stammbaum ist besser als meiner! Siehst du, ich habe wieder Recht gehabt! Jetzt bin ich aber wirklich glücklich darüber! Die unkenden Leute sollen sich schämen«, sagte sie.

»Nicht so früh«, entgegnete er geduldig. »Ich habe noch nicht gesagt, warum mein Opa gemeinsam mit dem Mädchen aus dem Dorf fortgelaufen ist. Obwohl er genug Geld besaß, konnten sie nicht mit einer Hochzeitsfeier heiraten. Weil sie von vornherein wussten, dass die Eltern des Mädchens ihre Erlaubnis dazu nicht geben würden.«

»Wieso denn?«

»Weil das Mädchen eine Armenierin war.«

»Was? Nein!«, stieß sie heftig hervor.

»Doch. Das ist die Wahrheit.«

»Aber dein Opa war ja Muslim, oder?«, fragte sie hoffnungsvoll.

»Ja. Zumindest war er als Muslim erzogen worden. Ob er jedoch als Muslim geboren wurde oder nicht, weiß ich nicht. Und das wusste auch keiner.«

»Das verstehe ich nicht«, murmelte sie geistesabwesend.

»Ganz einfach. Weil er als Baby auf dem Hof einer Moschee gefunden worden war. Ein alter Mann, der keinen Sohn hatte, nahm das Baby mit nachhause, gab ihm seinen Familiennamen und zog es groß. Deswegen konnte keiner wissen, wer sein Vater oder seine Mutter war.«

»O, mein Gott! Das heißt … dass du …«

Er wollte etwas sagen, aber sie machte seinen Mund mit ihren Lippen zu.

Tod im Spiegel

Als ich im Bad vor den Spiegel trete, fühlt es sich in meinem Mund an wie Gift, und mein Kopf gleicht einem Kessel. Ich habe am Vorabend eine Menge getrunken, zu viel gegessen und bin spät schlafen gegangen.

Jeder hat so seine Leidenschaften und ich bin gutem Essen, Alkohol und den Frauen verfallen. Beim Essen und Trinken bin ich wählerisch. Bei mir vergeht kein Tag ohne Fleisch und ich trinke nur Raki oder Whisky. Wenn es um Frauen geht, sieht das anders aus. Schön oder hässlich ist mir egal. Es reicht völlig, wenn sie gepflegt und nett sind. Eine hässliche, aber gepflegte Frau ist für mich reizvoller als eine schöne ungepflegte. Auch ich bin hässlich, doch achte ich auf mein Äußeres und bin immer elegant angezogen. Egal, wie schlecht es mir geht, ich mache stets gute Miene zum bösen Spiel. Ich passe mich an. Doch wenn ich von jemandem etwas will, sauge ich mich fest wie eine Zecke. Die meisten, die sich für besonders clever halten, wickele ich um den kleinen Finger. Der Einzige, der mich überwältigen kann, ist der Schlaf, daher verabscheue ich ihn. Wenn ich ihn will, kommt er nicht und lässt mich warten. Kommt er dann nach seiner Laune, schlägt er mich nieder wie der Todesengel selbst und raubt mir die Sinne. Schlüge dann neben mir eine Bombe ein, ich würde es nicht hören. Für vierundzwanzig Stunden werde ich sein Gefangener. Wache ich schließlich auf, fühle ich mich wie gerädert.

So ergeht es mir auch jetzt; völlig schlaftrunken und noch halb besinnungslos stehe ich vor meinem Abbild.

Als könnten meine Wimpern nicht genug voneinander bekommen, kleben sie aneinander. Hoffentlich kann ich mich fertig rasieren, ohne mich zu schneiden; danach nehme ich zwei Löffel Honig in den Mund, trinke schnell einen Kaffee, ziehe mich an und gehe. Zuhause zu frühstücken gehört der Vergangenheit an wie ein alter Traum. Ich habe es verlernt. Vor lauter Arbeit finde ich keine Zeit dafür. Jeder wundert sich, wie ich das alles unter einen Hut bringe. Na ja, sie sind auch ein bisschen neidisch … Mein eigentlicher Beruf ist Ingenieur und ich arbeite im öffentlichen Dienst. Zudem bin ich Übersetzer, Berater, Vorsitzender einer Arbeitergenossenschaft und habe meine eigene Firma. Hinzu kommen allerlei kleinere Tätigkeiten.

Heute habe ich frei. Krankgeschrieben. Sobald ich aus dem Haus gegangen bin, muss ich mich als Erstes um unseren Lebensmittel-Großhandel kümmern. Das ist eigentlich die Sache meines Bruders, doch der befindet sich gerade in Istanbul und kümmert sich um die Eröffnung eines Supermarktes. Danach werde ich im Reisebüro nach dem Rechten schauen und später bei meiner Übersetzungsagentur vorbeigehen. Die Übersetzungen lasse ich billig von Studenten machen, so mühe ich mich nicht unnötig ab. Ich muss sie lediglich absegnen. Was mich am meisten anstrengt, sind Beratung und Vermittlung, beides muss ich selbst machen. Sich mit dem einfachen Volk herumzuschlagen ist schwieriger, als ein Kamel über einen Graben springen zu lassen.

Zum Büro der Genossenschaft muss ich auch noch einen Abstecher machen; wenn sie auch eingegangen ist, gibt es trotzdem Schmutz, der beseitigt werden muss. In einem der Büros werde ich frühstücken, das ist dann zugleich mein Mittagessen. Den kulinarischen Genuss spare ich mir für die Abendstunden auf. Ich esse selten zuhause. So hat meine Dicke auch keine Möglichkeit, die geleerten Rakigläser zu zählen. Mit gewöhnlichen Bekannten gehe ich in türkische Lokale oder zum Italiener, zu Arbeitsessen dagegen in gute Restaurants. Meine Geliebten führe ich in argentinische oder chinesische Restaurants aus, weil von unseren Leuten so gut wie niemand dort hingeht; obendrein finden Frauen solche Orte interessant. Den Kellnern versage ich ihr Trinkgeld nicht, sie sind meine Mitwisser.

Meine Geschenke verteile ich an diejenigen, mit denen mich Liebes- oder Arbeitsbeziehungen verbinden. Trinkgeld und Geschenke sind in meinem Wortschatz das Gleiche wie »Bestechung«. Sie richtig zu geben ist eine Kunst, die Kunst nämlich, mit Feingefühl Menschen zu kaufen. Das Herz einer Geliebten zu gewinnen unterscheidet sich eigentlich in nichts davon, irgendeinen Verantwortlichen zu kaufen. Meine Zahlungen mache ich überall in bar und lasse das Wechselgeld liegen. »Für die Kaffeekasse«, sage ich dann. Ob es so eine Kasse gibt oder nicht, ist unwichtig. Wichtig ist, jemandem beim Gekauftwerden Freude zu bereiten. An meiner Kleidung und meiner Erscheinung sieht man sofort, dass ich ein wohlhabender Mann bin. Niemand sagt hinter meinem Rücken: »Was für ein Tölpel.« Die meisten Frauen habe ich auf diesem Weg bezirzt. Diese »Kaffeekassen-Methode« habe ich hier gelernt, in Deutschland. Die Deutschen würden das vielleicht Anpassung nennen, aber mir gefällt der Ausdruck viel besser: »Wenn eine Gans zu gewinnen ist, opfert man gerne ein Huhn.«

Im Kontakteknüpfen bin ich unübertroffen. Warum sonst würde jemand zu einem nett sein, der so hässlich ist wie ich? Schau nur, diese Statur, klein wie ein Zwerg, dieses unendlich lang gezogene, schmale Gesicht mit dem riesenhaften Schädel, das spitze Kinn! Und dieser Stoppelbart? Meistens muss ich mich abends noch einmal rasieren. Und erst die Augenbrauen, als habe man von irgendwo zwei Hand voll Wolle geholt. Die Augen zwei Hemdknöpfe, die Nase eine Hirtenflöte, Ohren, die an die eines Fuchses erinnern … Die Leute aus unserem Dorf haben mich wegen meines Aussehens oft damit verglichen. Vielleicht hatten sie Recht, mich von Kindheit an »Fuchs« zu rufen. Aber wenn ich der Sohn eines Großbauern gewesen wäre, hätten sie sich das bestimmt nicht gewagt … Ich musste damals oft deswegen weinen. Heute dagegen pfeife ich auf meinen Spitznamen genauso wie auf meine hässliche Erscheinung. Ich habe verstanden, dass der Inhalt des Kopfes und der Brieftasche viel wichtiger ist als alles andere. Geld verschleiert jede Hässlichkeit und jeden Makel, es reinigt jeden Flecken und alle Arten von Schmutz. Und Geld verdient man selbstverständlich mit Verstand, nicht mit Schweiß.

Ach, Allah, zwei ganz wichtige Dinge hätte ich beinahe vergessen! Ich muss noch bei Sylvia vorbeischauen und dann bei Peter. Sylvia ist meine Anwältin. Wir wickeln miteinander ganz einträgliche Geschäfte ab, und manchmal machen wir auch Liebe. Heute muss ich ihr eine Kopie meines neu ausgestellten Reisepasses bringen und sie bitten, Peter anzurufen. Peter ist mein Arzt

und Freund. Er gehört zu den Freunden, die ich durch
Bestechung gewonnen habe. Er schreibt mich krank,
sodass ich die Zeit finde, mich um meine Angelegenheiten hier und in der Türkei zu kümmern. Aber dieses
Mal hat sich der Hornochse geziert; er hat mir Blut und
Urin abgenommen, ein EKG gemacht und gesagt, dass
er sich die Ergebnisse erst einmal anschauen wolle. Das
häufige Schreiben von Krankmeldungen bereitet ihm
wohl Kopfschmerzen.

Gestern rief er an und sagte, ich solle vorbeikommen.
Ich ging hin. Drückt er mir doch einfach den Bericht in
die Hand und sagt, dass ich dieses Mal wirklich krank
sei! Ich war wie vor den Kopf gestoßen. Er weiß doch,
dass ich nicht so ängstlich bin wie er; ich lasse mich
durch nichts aus der Fassung bringen. Er wollte sich einfach an mir rächen. Dummes Zeug hat er geredet! Wenn
ich mich auch in den letzten Tagen etwas müde gefühlt
habe und vor meinen verschwollenen Augen manchmal
kleine Punkte wie Schnee herumwirbeln, so glaube ich
doch, dass das eher von der Müdigkeit herrührt. Mein
kleiner Bruder soll erst einmal zurückkommen, dann
wird mein Urlaub auf den Kanarischen Inseln mich wieder in die alte Form bringen.

Aber die Ergebnisse dieser Blut- und Harnanalyse,
steigender Zucker- und Cholesterinspiegel und ein un-
regelmäßiger Herzschlag, sind wahrscheinlich kein gutes
Zeichen. Mal sehen, was bei dem Dauer-EKG heraus-
kommt! Dieses Scheißgerät am Gürtel. Im Sitzen oder
Gehen stört es nicht so sehr, aber beim Schlafen. Es fühlt
sich an, als ob man auf einem Stein liegt. Vierundzwanzig Stunden zeichnet es meinen Herzschlag auf. Viel-

leicht hat der Arzt ja Recht, vielleicht bin ich wirklich krank. Bisher habe ich vor lauter Liebe und Geschäften keine Zeit finden können, mich um meine Gesundheit zu kümmern.

Ich lege den Rasierer vor dem Spiegel ab und ziehe meine Lider nach unten. Die Säcke unter den Augen sind heute ein wenig deutlicher, die Augen mit Blut unterlaufen und mein Blick matt. Wo sind denn meine feurigen Augen geblieben? Oh, die gute alte Zeit! Wie vergehen doch die Jahre! Jeden Tag wird die Pumpe älter. Aber wie alt bin ich doch gleich? Mein Ausweis sagt fünfundfünfzig. Aber weil ich früher zum Militär sollte, haben meine Eltern zwei Jahre draufgeschlagen. Also um die dreiundfünfzig – meine besten Jahre, auf dem Gipfel meiner Manneskräfte.

Mensch, Peter, soll dich der Teufel holen! Die Fünfziger sind wohl für Männer eine sehr kritische Zeit. Herzinfarkte treten in diesen Jahren häufiger auf. He komm, du dummes Zeug! Als mein Vater starb, war er dabei, die achtzig zu erklimmen! Gut, aber er hat ja nicht so hemmungslos Fettiges verschlungen wie ich. Unwillkürlich lege ich meine Hand aufs Herz. Donnerwetter! Ist meine Hand taub geworden oder schlägt mein Herz so langsam? Ja, ich muss realistisch sein; in letzter Zeit bin ich im Bett nicht mehr der Alte gewesen. Zwar habe ich Schwung, mache aber schnell schlapp. Ich weiß, dass der Tod das Ende ist, dem man nicht entrinnen kann, aber so jung möchte ich nicht sterben! Ich habe noch so viel zu erledigen, welch eine Sehnsucht nach den Freuden des Lebens spüre ich in mir! Wenn ich jemand wäre, der sein Leben schon hinter sich hat, wäre es etwas anderes.

Und wenn mich eines Tages mitten auf dem Weg ein Herzanfall ereilt, was mache ich dann? Ei, Allah, dann bin ich verloren! Natürlich ist es hier nicht wie in der Türkei; ein Telefonanruf und sofort kommt der Rettungswagen oder sogar der Hubschrauber, und zwar mit Arzt und allem Drum und Dran. Schön – und wer soll ihn rufen? Wen interessiert es denn in dieser egoistischen, gleichgültigen Gesellschaft, wenn einer auf der Straße liegt? Vor aller Augen werden Frauen geschlagen und Mädchen geschändet; keiner sagt auch nur einen Ton, man schaut weg und geht vorbei. Wenn jemand einen anderen am Boden liegen sieht, dann denkt er mit aller Wahrscheinlichkeit: Der ist bestimmt betrunken und döst, und man kümmert sich nicht darum. Weder als Märtyrer noch als Held, völlig sinnlos verreckt.

Allah, hilf mir! Es drückt in meinen Ohren von innen nach außen, ein Dröhnen. Als sei mein Kopf auf einmal angeschwollen. Dann fährt es mir wie ein Spieß in die Brust. Ein kräftiger Blitz schlägt vor meinen Augen ein und ich bin im Dunkeln.

»Bald gewöhnst du dich daran, mein Freund!«

Was war das? Redet der Spiegel? Ich hebe den Kopf, halte schützend die Hand vor die Augen. Dieser Blitz, dieses Feuer im Spiegel! Wie geschmolzenes Metall in einem Tiegel dreht es sich in Strudeln! Diese Glut, sie hat den Spiegel und mich verschluckt! Ich bin nicht mehr im Spiegel! Ja, der Spiegel ist es auch gewesen, der geredet hat! Nein, nicht der Spiegel, das Feuer darin, diese Glut, dieses Licht hat geredet! Doch so sehr ich mich auch fürchte, auf einmal platze ich vor Wut.

»Du da, wer bist du denn?«

»Ich bin der Vernehmungsengel.«

»Was, ein Engel? Müssen Engel nicht Flügel haben? Und sind sie nicht Frauen? Auf allen Bildern, die ich gesehen habe, ist das so! Du bist ein Lichtbündel und deine Stimme klingt wie eine Männerstimme!«

»Ihr habt euch diese Sachen ausgedacht. Das sind eure Träume. Ist der Todesengel etwa kein Engel? Ihr habt ihm auf den Bildern nur eine glänzende Sense in die Hand gegeben und ihm ein Leichentuch übergezogen. Dass du keine Ahnung davon hast, ist offensichtlich. Engel haben kein Geschlecht und keine Flügel, mein Freund. Sie sind aus Feuer erschaffen, es handelt sich um Wesen, die man nicht sehen kann. Sie fliegen nicht, sondern strömen mit Lichtgeschwindigkeit dahin.«

»Ich, unerfahren? Was geht dich das an? Es gab wichtigere Dinge zu lernen, und die habe ich gelernt! Außerdem ... außerdem glaube ich nicht mehr an solche Sachen! Zieh ab, verschwinde! Ich will mich fertig rasieren!«

»So, du glaubst also nicht an solche Sachen?«

»Deute das, wie du willst, es geht dich nichts an!«

»Ha, ha, ha! Ich habe viele wie dich gesehen! Ihr behauptet, dass ihr nicht an Allah glaubt, aber seinen Namen könnt ihr nicht von euren Lippen nehmen. Ich könnte einen ganzen Haufen Beispiele aufzählen, aber ich glaube, es reicht, wenn ich an Sätze wie »Ei, Allah« oder »O, mein Allah« oder »Allah möge ihn verdammen« erinnere. Nun gut, du weißt schon. Wenn du darauf bestehst, verzichte ich auf die Vernehmung und bringe dich zu den anderen Atheisten.«

»Na los, dann mach schon, noch bin ich nicht gestorben!«

»So, glaubst du? Du bist soeben von der Scheinwelt in die wahre Welt übergegangen, und ich bin gekommen, um dich zu befragen und zu bestimmen, wohin du nun gehen wirst. Wenn du nach links schaust, siehst du den Todesengel, der gerade seine Aufgabe erledigt und geht.«

Ich halte meine Hand vor die Augen und blicke nach links. Ein weiteres Lichtbündel entfernt sich, verblasst. Aber ich muss wohl geträumt haben – ist ein Mensch, der sich vor dem Spiegel rasiert, etwa ein Toter? Was ich erlebt habe, muss ein böser Traum, ein Albdruck gewesen sein. Wenn ich jetzt den Rasierer nehme und mein Gesicht ein wenig reize und blutig schneide, werde ich ihn loswerden.

»Ei, Allah!«

»Was ist los? Du warst doch Atheist, oder?«

Ich höre nicht mehr hin und greife nach meinem Rasierer – verschwunden! Weder das Waschbecken noch der Rasierer oder die Zahnbürste sind da! Die Hände? Meine rechte Hand spüre ich auf der Stirn, aber auch sie kann ich nicht sehen!

»Gott sei verflucht, du hast mich blind gemacht!«

»Schon wieder hast du dich verplappert! Du wolltest Allah um Hilfe bitten, an den du angeblich nicht glaubst! Sei ruhig und versuche dich daran zu gewöhnen, dass du tot bist, mein Freund. Es war zwar etwas früh und unerwartet, aber das ist dein Schicksal, was will man da machen …«

»An Schicksal glaube ich ebenfalls nicht! Wenn es eines gibt, warum kommst du dann, um mich zu vernehmen? Müsstest du nicht alles von mir wissen? Lass mich in

Ruhe und befrag denjenigen, der das Schicksal festlegt! Und schließlich, ich bin überhaupt nicht gestorben, das müssen alles Halluzinationen meines müden Hirns sein!«

»Das musst du wissen, ich habe meine Schuldigkeit getan! Folge mir!«

»Warum?«

»Ich bringe dich an den Ort, der für dich geeignet ist!«

Der Spiegel beginnt, mich zu sich zu ziehen! Ich bin doch so schwach … wie eine Motte, wie ein winziger Schmetterling, der ums Licht kreist. Und der Spiegel wird mich schlucken, ich werde Futter für ihn sein!

Ich erschrecke vor meiner eigenen Stimme: »Gnade, Gnade, was du sagst, soll geschehen! Ich bin einverstanden!«

»Ich wusste es, solche wie dich kenne ich sehr gut. Wie Brandzeichen wurde euch in der Kindheit Allahs Furcht ins Gehirn eingearbeitet. Auch wenn euer Verstand sie nicht anerkennt und eure Zunge widerspricht, schließlich müsst ihr es eingestehen …«

»Das heißt also, vorhin, als ich den Stich in der Brust spürte, bin ich an Herzversagen gestorben.«

O weh! Vielleicht ist das, was man Schicksal nennt, doch wahr. Man sagt, als Letztes stirbt beim Menschen das Gehirn; vielleicht kann ich diesen Engel ja einlullen, solange mein Verstand noch an seinem Platz ist. Wenn nicht, ist es sicher, dass ich in den kochenden Kesseln des Fegefeuers lande. Wer anderen schadet, kommt in die Hölle, hat mein Vater gesagt. Meine ganze Existenz besteht daraus, anderen zu schaden. Ich muss geduldig und auf der Hut sein. Wenn der Engel nicht weiß, was mir gerade durch den Kopf geht, ist es ein Kinderspiel, ihn auf meine Seite zu ziehen.

Ich hebe meinen Kopf. Meine Augen haben sich offenbar an das Licht gewöhnt und ich vermag zu sehen. Ein Buch ist im Spiegel zu sehen und zu mir hin geöffnet.

»Das ist dein Register«, spricht die Stimme. »Du brauchst nicht danach zu greifen, keiner außer uns kann es lesen. Jaa, deine Kindheit wollen wir mal beiseitelassen. Sie ist wohl sehr langweilig verlaufen, lauter abgeschmackte, fade Ereignisse. Sehr störrisch warst du wohl, aber was soll's … Sünden in der Kindheit werden nicht mitgezählt. Am besten ist es, die letzte Seite aufzuschlagen und dann nach vorne durchzublättern.«

Der Engel scheint also nicht Bescheid zu wissen, was ich gerade gedacht habe. Vielleicht weiß er nur das, was im Register steht und will danach fragen. Also los, ich zeige es dir schon, Engel.

»Eine Genossenschaft hast du gegründet, den Leuten Hoffnung gemacht, dass sie in der eigenen Fabrik Angestellte oder Meister werden, wenn sie zurückkehren; du hast deine Landsleute zu Teilhabern gemacht, Geld eingesammelt und dich zum Vorsitzenden wählen lassen.«

»Ja, richtig. Mein größter Wunsch ist es gewesen, eine Fabrik zu gründen, die Leute von der Drecksarbeit hier zu befreien und sie zu ihren eigenen Herren zu machen. Was kann ich dafür, dass daraus nichts wurde. Das heißt …«

»Warte, langsam! Es wurde ein Grundstück gekauft, feierlich der Grundstein gelegt, die Bauarbeiten abgeschlossen. Aus dem Ausland wurden Maschinen eingeführt, sie sind sogar durch den Zoll gekommen. Aber, aus unbekanntem Grund, sind die Lastwagen, auf denen die Maschinen transportiert wurden, unterwegs verschwunden. Bevor die Fabrik mit der Produktion beginnen konnte, hat sie Konkurs gemacht …«

»Ja leider! Aber ich …«

»Moment mal, du wirst beschuldigt …«

Ich bin Meister darin, die Gedanken vom Gesicht meines Gegenübers abzulesen. Aber den Engel kann ich nicht sehen. Ach, wenn ich sein Gesicht nur einmal erblicken könnte! Ich würde sofort merken, ob er alles weiß oder mich nur in eine Falle locken will. Trotzdem, lieber nichts unversucht lassen. Ich muss mich vortasten.

»Hochverehrter Engel«, sage ich lächelnd. Denn auch wenn ich sein Gesicht nicht sehen kann, sieht er doch meins. Ich muss versuchen, ihn für mich einzunehmen. »Glauben Sie mir, ich habe mir da nichts zu Schulden kommen lassen, keinen Fehltritt. Woher sollte ich denn wissen, dass derart große Lastwagen einfach verschwinden können. Konnte ja nicht immer danebenstehen. Ich hatte als Generaldirektor viel wichtigere Dinge zu tun.«

»Schon gut, ich verstehe. Ein anderes Thema: Du hast deinen Landsleuten, die als Illegale oder Asylanten nach Deutschland gekommen sind, gegen Geld eine deutsche Frau besorgt, sie heiraten lassen und ihnen Arbeit verschafft …«

»Ein Dienst für meine armen Landsleute, verehrter Engel. Ich mache das, damit sie Arbeit haben und die Mägen ihrer Familien füllen können. Ich zähle viele Anwälte zu meinen Freunden. Einer vertritt die verlassene

Ehefrau in der Türkei, einem anderen übergebe ich die Vertretung des Mannes hier. Ein Prozess wird eröffnet und binnen Kurzem kommt das Scheidungsurteil. Der arme Geschiedene heiratet eine Deutsche und erhält eine Aufenthalts- und Arbeitserlaubnis.«

»Hier sehe ich eine Anmerkung in Klammern aus einer anderen Befragung. Ich erinnere mich sehr gut daran, dieses Gespräch selbst geführt zu haben. Ihr habt eine Vorauszahlung von siebentausend Mark genommen und ausgehandelt, dass der Rest gezahlt wird, wenn die Angelegenheit geregelt ist. Doch du hast dein Wort nicht gehalten und den anderen hingehalten. Du hast die Anrufe des Mannes nicht entgegengenommen, sondern ausrichten lassen, du seist nicht zuhause. Inzwischen ist der Mann verhaftet worden und noch in der Abschiebehaft an Herzversagen gestorben. Was sagst du dazu?«

Bei der Sache mit der Fabrik konnte ich ihn überlisten. Nun lege ich mit weinerlicher Stimme und bekümmertem Gesicht los: »Dass ich ihn hingehalten habe, ist eine Lüge, verehrter Engel. An diese Sache erinnere ich mich noch, als sei es gestern gewesen. Hier trifft mich keine Schuld, das haben die beiden Männer zu verantworten, die mit der Suche nach einer Ehefrau beauftragt waren. Sie bekommen Prozente. Nachdem wir uns handelseinig geworden waren, musste ich in die Türkei fahren und mich beim Ministerium um die Genehmigungen für die Fabrik kümmern. Was meinem bedauernswerten Landsmann in der Zwischenzeit passiert ist, habe ich erst bei meiner Rückkehr erfahren. Ich habe mich über diese beiden Kerle wahnsinnig geärgert. Was geschehen war, war geschehen, man konnte nichts mehr machen. Das Einzige, was mir übrig blieb, war, ihn mit dem von ihm erhaltenen Vorschuss bestatten zu lassen. Und das habe ich auch getan und den Toten in seine Heimat geschickt. Ich habe aus eigener Tasche drauflegen müssen. Es sei ihm gegönnt …«

»Hm …«

Plötzlich bekomme ich es mit der Angst zu tun. Ich habe ihm eine ziemlich dreiste Lüge aufgetischt und gar nicht daran gedacht, dass der Engel selbst mit dem armen Schlucker gesprochen haben könnte. Gott verflucht! Aber nein, es besteht, glaube ich, keine Gefahr! Die Leiche des Mannes ist schon Tage nach seinem Tod verbrannt und auf dem Armenfriedhof in einem Grab, so groß wie ein Blumentopf, bestattet worden. Der Engel hat ihn bestimmt wie mich sofort nach seinem Tod befragt. Und woher sollte er um die Ereignisse danach wissen?

Ich beruhige mich. Ich lächele ihn oder besser gesagt den Spiegel an und sehe, dass zwei weitere Seiten umgeblättert worden sind.

»Neben diesen zahlreichen Tätigkeiten bist du im öffentlichen Dienst tätig.«

»Ja, mein Herr, ich bemühe mich …«

»Moment, Moment! Ich habe noch gar nichts gefragt!«

»Verzeihung.«

»Angeblich hast du dein Gehalt eingestrichen, ohne einen Finger krummgemacht zu haben, hast dich die Hälfte des Jahres krankschreiben lassen, dich um deine eigenen Angelegenheiten gekümmert und bist sogar ständig in die Türkei geflogen …«

»Aber, verehrter Engel …«

»Unterbrich mich nicht, ich bin noch nicht fertig! Sogar wenn du nicht hier warst, hat der Arzt dich krankgeschrieben und für dich ein Attest an die Arbeitsstelle geschickt. Das ist aufgeflogen und man wollte dich feuern. Aber du hast vor Gericht Einspruch eingelegt. Was war der Grund für all das?«

»Um es mit einem Wort zu sagen, Verleumdung, verehrter Engel! Glauben Sie mir! Es stimmt, ich bin vor Gericht gegangen. Das ist alles dem Kopf dieses Trottels, meines Chefs, entsprungen. Weil ich in einer anderen Gewerkschaft bin als er, hat er mir nachgestellt und mich mit Schlamm beworfen. Wenn Sie wollen, können Sie den alten Chef fragen, der ist auch tot und müsste hier irgendwo sein. Ich bin nur einmal in die Türkei geflogen. Nachdem meinem armen Landsmann diese Geschichte widerfahren war, bin ich nicht noch mal gegangen, ich schwöre es!«

»Ich verstehe, fahre fort!«

Ich seufze, blicke in den Spiegel und wische mir die Augen. Mit derselben weinerlichen Stimme setze ich meinen Vortrag fort. »Wenn ich nicht gestorben wäre, hätte ich beweisen können, dass ich im Recht bin. Am türkischen Zoll kommt nämlich bei jeder Ein- und Ausreise ein Stempel in den Reisepass, und meiner ist blitzsauber. Wenn ich so oft hin- und hergefahren wäre, böte sich heute gar kein Platz mehr zum Stempeln. Was soll man machen, so ist das Schicksal.« Noch einmal wische ich mir über die Augen. Ich weiß, dass er mich genau beobachtet, und muss Mitleid bei ihm erregen.

»Deinen alten Pass hast du verloren. Du hast einen neuen ausstellen lassen, aber …«

»Ja, leider. Weil er gestohlen wurde. Wie in der Türkei
gibt es hier auch überall Passdiebe. Sie klauen Pässe,
wechseln die Fotos aus und verkaufen sie dann an Leute
weiter, die hierherkommen wollen.«

»Natürlich, natürlich, gut möglich.«

Ich habe keine Angst mehr und bin völlig ruhig geworden. Ich kann mit Leichtigkeit lügen, ohne rot zu
werden. Jetzt kann er fragen, was er will, die wichtigen
Fragen habe ich umschifft. Er scheint recht naiv zu sein,
vielleicht weil er es ständig mit wirklich armen Schlu-
ckern zu tun hat. Wie sagt man doch: »Wer mit Hunden
zu Bett geht, wacht mit Flöhen auf.«

»Kommen wir zu deiner Genusssucht«, sagt er nun
und wartet. In seiner Stimme höre ich einen leicht spöt-
tischen Ton, aber vielleicht hat er bloß geschmunzelt.
»Obwohl du Vater von drei Töchtern im Heiratsalter bist
und eine schöne Frau hast, bist du umhergezogen und
hast deine Frau betrogen. Ich verstehe nicht, warum du
so unersättlich und gierig bist?«

»Verehrter Engel, ich weiß, dass Ihnen nichts verborgen
bleibt und dass ich alles klipp und klar erzählen muss.
Dass ich so unersättlich und gierig bin, ist nicht meine
Schuld. Früher gab es keine Freundschaften zu Mädchen
und Frauen wie bei der heutigen Jugend. Unsere jungen
Jahre haben wir voller unterdrückter Begierde verbracht.
Vor allem ich. Ich war auf einem Internat. Früher gab
es auch Mädchen, aber aus irgendeinem Grund hatten
damals die Fanatiker Gesetze erlassen, nach denen Jungen und Mädchen getrennt unterrichtet wurden. In dem
Jahr, in dem ich mit der Schule anfing, gab es dort nicht
ein einziges Mädchen. Ich habe dreißig Lira im Monat

Taschengeld bekommen, was konnte ich damit schon anfangen … Eines Tages habe ich aus einem Magazin das Bild einer nackten Frau ausgeschnitten, das man dann gefunden hat. Sie wollten mich für zwei Wochen von der Schule verweisen. Weil ich kein Fahrgeld vorweisen konnte, haben sie sich erbarmt und ließen mich in dieser Zeit im Schulgarten arbeiten.«

»Arme junge Menschen!«

»Ja, so sind wir aufgewachsen. Ich habe die erste Frau im Bordell kennen gelernt, nachdem ich mein erstes Geld verdient hatte«, sage ich und fange laut an zu schluchzen.

»Verstehe …«

Ich schlucke. »Diese Zeiten gehören der Vergangenheit an«, beginne ich wieder. »Jetzt hingegen habe ich viel Geld und auch viele Frauen. Ich kann den Blicken von schönen Frauen nicht widerstehen, ich schmelze dahin. Meine Seele ist hungrig, meine Augen sind es auch. Dem zu widerstehen liegt nicht in meiner Macht. Wenn das Sünde ist, nehme ich die Strafe gerne an.«

»Ich weiß, ich weiß. Ich habe Erbarmen mit dir. Dass dein Fall mir angetragen wurde, ist in gewisser Hinsicht ganz gut.«

»Danke. Was ich sagen wollte, ist Folgendes: Glauben Sie mir, mir tut meine Dicke auch leid. Entschuldigen Sie, meine Frau wollte ich sagen. In ihrer Jugend hatte sie eine Figur wie eine Gazelle. Natürlich ist sie nicht wie ich in Armut aufgewachsen, sondern die Tochter eines Großbauern. Ihr Magen blieb nie leer, er wurde ständig vollgestopft. Daran hat sie sich nun mal gewöhnt, sie liebt Fleischgerichte, Teigwaren und Süßigkeiten. Als sie nicht einmal vierzig war, hatte sie schon den Umfang einer halben Weltkugel. Jetzt ist sie kugelrund. Sobald feurige Mädchen und Frauen um mich sind …«

»Ich verstehe. Das sind eigentlich Dinge, die ihr beiden selbst lösen müsst. Wenn auch sie eines Tages in die andere Welt überwechselt und befragt wird, stellt man ihr die gleiche Frage. Wenn sie sich nicht beklagt, ist die Sache erledigt.«

Eilig überfliegt er die Seiten, es gibt wohl nichts Interessantes mehr. Dann wird das Heft endlich geschlossen.

»Jaaa …«, höre ich die Stimme des Lichtbündels, das nun zur Ruhe kommt. »Bloß, es gibt Widersprüche zwischen dem, was in deinem Register steht, und dem, was du erzählst. Obwohl ich Mitleid mit dir habe, möchte ich keine sentimentale Entscheidung treffen. Daher tendiere ich dazu, deinen Fall an unsere Vernehmungskommission weiterzuleiten und ein gemeinsames Urteil zu fällen. Mach dir keine Sorgen, das dauert nicht lange. Bei uns wird alles mit Lichtgeschwindigkeit erledigt.«

Wie ein Blitz durchzuckt es mein Gehirn. Ich bin erneut in eine Falle geraten. Man entkommt einer, man entkommt zwei – aber am Ende … Allein daran zu denken, was am Ende passieren könnte, erschreckt mich zu Tode. Ich weiß, was die anderen sagen werden: »Mit solchen Märchen willst du uns abspeisen?« Es gibt keine Möglichkeit zu entkommen oder abzuhauen. Und sie in allen Tönen anzuflehen würde auch nichts nützen. Schicksal also?

Ich hege immer noch Zweifel.

Ich sehe, wie das Feuer im Spiegel wieder anschwillt

und unruhig wird. Die Stimme spricht: »Der gemeinsame Richterspruch lautet folgendermaßen …«

Ich höre atemlos zu. Es ist unerträglich. Völlig aufgewühlt bekomme ich kaum noch Luft und platze beinahe vor Spannung.

»Tut mir leid, mein Freund«, fängt er an, und als ob er mich foltern will, reiht er Wort für Wort langsam aneinander: »Über der Brücke zum Paradies wirst du mit einem Pferdehaar kopfüber an den Füßen aufgehängt. Wenn deine Antworten auf meine Fragen richtig waren, wird dir nichts passieren und du kommst geradewegs ins Paradies. Wenn nicht, falls du auch nur ein einziges Mal gelogen hast, wird das Haar reißen und du kommst in die Hölle.«

»Nein, das darf nicht wahr sein! Du alter Gauner, du hast mich reingelegt!«

Erschrocken von meinem eigenen Schreien komme ich wieder zu mir. Das Waschbecken halte ich mit meinen Armen fest umschlungen. Draußen klopft es an die Badezimmertür.

Meine kleine Tochter ruft: »Papa, mach schon, komm endlich raus! Ich muss dringend!«

Eine Falle

Mensch, sei doch mal vernünftig! Du bist der Vater! Erlaube dem Jungen, meine Tochter zu finden und nachhause zu bringen! Es ist sieben Tage her, ich kann den Schmerz nicht mehr ertragen!«

»Es ist zu spät, Weib, es ist zu spät! Ich will sie nicht mehr sehen! Ich habe keine Tochter mehr, verstehst du? Wenn ich sterbe, soll sie nicht zu meiner Beerdigung kommen!«

»Laß sie uns doch erst mal finden, zum Teufel. Du denkst nur an dich!«

»Aber es ist doch eine große Schande! Eine Verruchtheit! Sie ist von zuhause weggelaufen und hat meine Ehre verletzt! Reicht dir das nicht? Möge sie die gerechte Strafe Gottes treffen!«

»Deine Schuld! Du hast ihr dauernd in den Ohren gelegen!«

»Na und?«, erwiderte er und zuckte die Achseln. »Ich bin der Vater, hier bestimme ich! Hast du vergessen, was ein Sprichwort sagt: ›Wer seine Tochter nicht streng hält, wird es später bereuen!‹« Er ließ die Bernstein-Perlen seiner Gebetskette unruhig durch die Finger gleiten.

Mit der rechten Hand wischte sie sich die Tränen aus den Augen, richtete ihre betrübten Blicke wieder auf ihr Strickzeug und strickte heftig weiter. Sie war verwirrt, konnte das Geschehene immer noch nicht glauben. Dabei war doch alles so wie immer gewesen: Am Nachmittag war ihre Tochter Gönül mit der Sporttasche auf den Schultern zu ihr gekommen, hatte sie auf die Wangen

geküsst und gesagt: »Auf Wiedersehen, Mama!«, und
war gegangen. Die Mutter dachte, sie ginge zum Volley-
ballspielen. Später hatte sie dann ihren Brief gefunden.
Ihr hatte aber zuerst der Mut gefehlt, es ihrem Mann zu
erzählen. Sie schickte ihren Sohn, die Tochter zu suchen.
Doch vergebens. Erst am Abend zeigte sie weinend ihrem
Mann den Brief. Dann war der Teufel los gewesen.

Trotz Verbot des Vaters suchte der Sohn heimlich
weiter. Sechs Tage lang war er erfolglos nachhause gekommen und jedes Mal auf die gleiche Szene getroffen.
Heute aber war ihm das Glück hold gewesen. Doch noch
konnte er die Schwester nicht nachhause bringen. Er
hatte einen guten Plan, saß neben seiner Mutter und
wartete nur auf den richtigen Moment.

Er sah seine weinende Mutter an und meinte manierlich zum Vater: »Entschuldige bitte, Vater, aber Mama
hat Recht! Wenn du nicht gesagt hättest, dass du ihren
Ausweis zum Dorfvorsteher schicken und sie in Abwesenheit mit deinem Neffen verheiraten würdest, wäre sie
bestimmt nicht weggelaufen.«

Die Frau fasste all ihren Mut zusammen und sagte
heftig: »Das ist richtig, der Junge sagt die Wahrheit!
Du ... nur du hast den Anlass dazu gegeben. Du sagtest dauernd, mein Neffe, mein Neffe! Sie hat Angst bekommen und ist weggegangen. Wenn ich in ihrer Lage
gewesen wäre, hätte ich das Gleiche gemacht. Es gibt
eben Dinge, die sich nicht erzwingen lassen. Junge Leute
denken nicht wie du und ich, sie wollen selber wählen,
wen sie heiraten.«

»Ja, mein Neffe! Er ist ein anständiger, wohl erzogener
und sparsamer Junge! Was will sie mehr von einem

Mann? Aber egal. Sie kann heiraten, wen sie will! Aus ihr kann ein Strichmädchen werden! Ich habe keine Tochter mehr, die Gönül heißt!«

»Musst du denn immer so reden? Bevor du das sagst, solltest du dir deine Worte etwas besser überlegen!«, erwiderte sie heftig, nahm ihr Ohrläppchen zwischen Daumen und Zeigefinger und schüttelte es; damit wollte sie den Teufel vertreiben. »Allah, hüte meine arme Tochter, Allah möge seine schützende Hand über sie halten. Sie ist ein kluges und tugendhaftes Mädchen, sie kann unterscheiden, was gut ist und was nicht!«

»Ach, ihr Weiber! Ihr seid alle gleich! Gott hat Adam aus Erde erschaffen, aber Eva aus seiner Rippe. Ihr Weiber braucht immer unseren Verstand und unsere Klugheit. Man sagt nicht umsonst: lange Haare, kurzer Sinn!«

»Deine Klugheit überlasse ich dir, ich will meine Tochter!«

»Aber nicht hier, nicht in meiner Wohnung!«

»Vater, du übertreibst alles.«

»Halt dein Maul! An allem bist du schuld! Sie hat alles von dir gelernt! Wenn du ihr ein gutes Vorbild gewesen wärest und deine Cousine geheiratet hättest, hätte sie vielleicht so was nicht getan«, entgegnete er und sah ihn gehässig an.

»Das Problem meiner Tochter hast du schon gelöst, jetzt ist wohl auch noch mein Sohn dran!«

»Ja, er ist ihr ein schlechtes Vorbild gewesen! Ist das nicht die Wahrheit? War seine Cousine etwa schlechter als seine deutschen Frauen? Ein geschicktes, geachtetes, wohl erzogenes Mädchen ist sie! Und könnte für ihn alles tun, was er wollte! Er hätte sie nicht nur vom Dorfleben gerettet, sondern für sich auch noch etwas Gutes tun können! Aber so ein Mensch ist er ja nicht!«

Der Sohn lächelte. »Ach, Vater, sollte ich mir ein Dienstmädchen suchen oder eine Frau? Meiner Meinung nach müssen beide, Frau oder Mann, einander behilflich sein. Aber nicht dienen. Vater, lassen wir das! Über diese Angelegenheit haben wir damals genug geredet. Wir kommen wieder zurück zur Sache. Gönül ist kein kleines Mädchen mehr, sie ist neunzehn und wird vielleicht bald studieren.«

»Studieren? Du hast auch studiert, was hast du davon gehabt?«

Er überlegte kurz, ehe er gelassen antwortete: »Ach, Vater, bevor ich es vergesse, muss ich dir etwas sagen. Ich kann nicht mehr beim Imbiss arbeiten, ich habe eine Stelle gefunden.«

»Was? Was für eine Stelle?«, fragte er barsch.

»Als Sozialarbeiter.«

Die Mutter freute sich. »Wie schön, mein Junge! Eine Dauerstellung?«

»Nein, ein einjähriges Projekt, Mutter. Es wird aber bestimmt verlängert.«

»Ja, ja, das ist deine Hoffnung. Wer nur von der Hoffnung lebt, geht elend zugrunde. Du hast eine Arbeit, du kannst dein eigener Chef sein! Was willst du noch? Sei klug, dann kannst du bald noch einen Imbiss eröffnen, und dann noch einen …«

»Ich verstehe vom Geschäft nichts, Vater, ich kann es nicht. Ich habe studiert und darauf gewartet, in meinem Beruf zu arbeiten. Endlich bietet sich mir die Möglichkeit. Schon am Monatsende fange ich an«, sagte er.

Der Vater schaute ihn traurig an und erwiderte kopfschüttelnd: »Also, was mir zu Ohren gekommen war, ist also richtig. Deswegen hast du öfter den Imbiss den Aushilfen überlassen und bist verschwunden, nicht wahr? Wenn du nicht auf meinen Rat hören willst, wirst du deine Finger verbrennen. Du wirst schon sehen, wie weit du kommst. Ihr habt immer die Absicht gehabt, mich in eine Falle zu locken! Was ich hier noch besitze, werde ich verkaufen und dann in meine Heimat abhauen!«, schrie er und schleuderte wütend seine Gebetskette in Richtung Kopf seiner Frau. »Sieh dir deine Kinder an! Das ist deine Erziehung!«

Die Kette traf die Wand. Seine Frau hob sie auf und warf sie in seinen Schoß zurück.

»Schämst du dich nicht? Jeder, der älter wird, wird reifer. Aber du …«

Er nahm sie nicht wahr, stattdessen fragte er seinen Sohn listig: »Was sollst du da machen? Ha, was für eine Sozialarbeit ist das?«

»Die Familie betreffend.«

»Zum Beispiel?«

»Na ja, von Misshandlung bei Kindern bis Vergewaltigung.«

»Jetzt weiß ich, worum es geht! Mit Vergewaltigung haben unsere Leute sowieso nichts zu tun. Übrig bleibt nur die Prügelei. Also, die Kinder, die von ihren Eltern eine Ohrfeige bekommen, laufen zu euch, nicht wahr? Und ihr nehmt solche frechen Kinder von zuhause weg und steckt sie in Heime! Ja, ja, wie immer. Ich kenne die Deutschen. Sie überlassen die Sachen den Fremden nur, wenn sie endlich kapiert haben, dass sie das Problem nicht mehr alleine lösen können. Ja, nur dann. Was ist denn aus deinen Freunden geworden, die studiert haben? Jetzt sind sie Ingenieure oder Betriebswirte, haben aber keine Arbeit gefunden. Denn erst sind die Deutschen dran. Wenn wir Eltern euch nicht unterstützt hätten, was würdet ihr machen? Weißt du was? Sie wollen aus dir einen Spion machen, Spion, mein dummer Sohn!«

»Nein, Vater, das ist ungerecht.«

»Das kannst du einem anderen weismachen, mein Kluger. Eines Tages wirst du mir Recht geben, dann ist es aber schon zu spät«, meinte er kopfschüttelnd und wendete sich zu seiner Frau. »Du wirst sehen, jeden Tag werden die Leute an deine Tür kommen und deinen Sohn anklagen, weil dieser Idiot den Leuten die Kinder wegnimmt und in Heime stecken will! Sieh ihn dir an und sei stolz auf deinen gesegneten Sohn!« Unter dem Tisch stieß er mit seinem Fuß gegen das Knie seiner Frau.

Sie warf das Strickzeug auf die Couch, zog ihr Knie hoch und murmelte: »Hast du keine Scheu? Dann komm und schlag mich auch!«

»Ja, tue ich auch! Alles ist deine Schuld, alles! Du hast die Kinder erzogen! Ich hab Tag und Nacht wie ein Esel gearbeitet! Was habe ich davon? Alles vergeblich! Ihr werdet sehen! Was ich habe, werde ich alles dem Roten Halbmond vererben! Ihr bekommt von mir gar nichts, keinen einzigen Pfennig!«

Der Sohn sah seinen Vater lange an und überlegte, was er wohl darauf erwidern könnte, dann schluckte er es herunter.

Seine Mutter indes wurde vom Schmerz noch zorniger

und sagte schluchzend: »Niemand erwartet etwas von dir! Was du besitzt, kannst du deinem ungebildeten Neffen geben! Damit er eine dumme Frau kaufen kann!«

»Halt deine Klappe und sei vorsichtig! Du unverschämtes Weib! Vergiss nicht, dass du mit deinem Mann sprichst! Schuster, bleib bei deinem Leisten, sonst passiert was!«

Der Junge hob den Kopf und versuchte zu lächeln. »Vater, versteh mich bitte nicht falsch. Ihr habt für uns Haus und Sommerwohnungen gekauft – wir brauchen die aber nicht. Wir haben jedes Jahr ein paar Wochen Urlaub, den wir auch in einem Hotel oder in einer Pension verbringen können. Wozu das Ganze, wenn wir dort überhaupt nicht wohnen werden? Wenn ich an deiner Stelle wäre, würde ich alles verkaufen und eine Weltreise machen.«

»Oh, mein Allah, oh, mein Allah! Was ich erwartet habe und was ich nun erlebe! Alles umsonst, alles! Ihr werdet schon sehen! Ihr werdet leer ausgehen!«

»Vater, du verstehst mich immer noch falsch und übertreibst alles. Mit deinem Vermögen kannst du machen, was du willst. Wir alle sind dir gegenüber immer ehrerbietig gewesen und haben immer noch Respekt vor dir. Warum bist du so empfindlich, ich verstehe das nicht. Aber bitte, versuch auch uns zu verstehen! Wir sind auch erwachsene Menschen und wollen über solch wichtige Sachen oder unsere Zukunft eigenverantwortlich entscheiden und unser Schicksal selbst bestimmen.«

»Was sagst du da, was sagst du da?« Er stand hastig von seinem Sessel auf und erhob seinen Zeigefinger. »Hab ich dir nicht hundertmal gesagt, dass die heilige Vorsehung nicht von Menschen, sondern nur von Allah bestimmt wird? Hast du das vergessen oder bist du ein Gottloser geworden?« Er wendete sein knallrot gewordenes Gesicht seiner Frau zu. »Hast du gehört, was er gesagt hat? Soll ich mich mit solchen Leuten unterhalten, die ihre Worte nicht mal abwägen können?«

»Entschuldige, Vater. Das habe ich nicht gemeint.«

Die Frau meinte verwirrt: »Du fängst wieder an! Er meint nur das Heiraten und nicht das Tun! Lass ihn machen, was er will, er ist noch jung! In seinem Alter warst du noch schlimmer! Hast du das vergessen? Du hast getrunken und den Tag mit Glücksspielen zugebracht, du bist tagelang von zuhause weggeblieben! Nur Allah wusste, was du getrieben hast! Allah möge dich bessern!«

»Allah möge dich verdammen, du Weib!«, sagte er gehässig. Enttäuscht ging er zum Fenster, wo er seine Augen heimlich mit dem Rücken seiner Hand abwischte. »Oh, mein Allah!«, beschwerte er sich und murmelte lautlos: »Ich habe über zwanzig Jahre lang hart für euch gearbeitet und immer den Wunsch gehabt, dass meine Kinder fromme Menschen bleiben und mein Geschäft übernehmen würden. Aber ihr … ihr wolltet nur studieren. Was habe ich nun? Zwei Ungläubige! Ich hätte lieber sterben sollen, statt so was von dir zu hören!«

»Vater, ich bitte dich! Du hast mich wieder falsch verstanden. Wir sind keine Ungläubigen, wir denken nur anders als du, was unsere Zukunft betrifft. Das ist alles. Und was Gönül angeht, denk bitte logisch. Wenn sie in Berlin keinen Studienplatz gefunden und nach Westdeutschland hätte ziehen müssen, wäre sie sowieso von zuhause weggegangen. So oder so, wo liegt der Unterschied?«

»Doch, das wäre etwas ganz anderes! In dem Fall wäre deine Mutter mit ihr mitgegangen! Aber solch eine Schande kann ich nicht verdauen! Ein Mädchen geht nur von zuhause weg, wenn es heiratet! Verstehst du das?«

»Vater, Gönül hat versucht, vernünftig mit dir zu reden. Sie hat dich überhaupt nicht beleidigt, aber du hast ihr nicht zugehört. Und …«

»Schluss damit!«, brüllte er und schnitt ihm das Wort ab. »Halt dein Maul und vergiss alles! Das Thema ist abgeschlossen!« Er kam vom Fenster zurück, setzte sich auf seinen Sessel und widmete sich seiner Gebetskette.

»Vater? Ich möchte dich etwas fragen.«

»Ach, lass mich in Ruhe!«

Als hätte er ihn nicht gehört, fragte er mit lächelndem Gesicht: »Nehmen wir an, dass Gönül einen Freund hat und mit ihm zusammenlebt, ohne Trauschein. Was würdest du tun, Vater?«

»Was sagst du da schon wieder? Sag das nicht noch mal!«

»Nein, nein. Sei bitte nicht böse, in Wirklichkeit gibt es dies natürlich nicht. Und in Zukunft tut sie so etwas auch nicht, bestimmt nicht. Das soll nur als Beispiel dienen. Sag mir bitte, was hättest du gemacht, wenn sie etwas Derartiges getan hätte?«

»Willst du aus mir einen Mörder machen?«

Diesmal lachte der Junge laut auf und fuhr fort: »Ich glaube nicht, dass du deine Tochter töten würdest. Du bist doch ein gläubiger Mensch. Aber du, glaube ich, hast nur Angst davor, was deine Freunde denken. Du lässt dich von ihnen mehr beeinflussen als von deiner Familie.«

»Hör auf damit! Die Sache ist für mich erledigt!«

»Für dich vielleicht, aber nicht für mich!«, erwiderte die Mutter rasch, schmiss das Strickzeug auf den Tisch und stellte sich gerade hin. »Egal, was du dem Jungen erlaubst oder verbietest: Ich nehme ihn mit, laufe in ganz Berlin herum und werde meine Tochter finden! Egal, auch wenn du dich von mir scheiden lassen solltest!«

Der Junge sah seine heldenmütige Mutter an, die kühn wie eine Löwin auf die Welt blickte. Er konnte nicht länger warten: »Mutter, sei bitte ruhig und mach dir keine Sorgen! Ich habe Gönül heute gefunden und mit ihr gesprochen. Sie befindet sich bei einer Bekannten, sie ist in Sicherheit«, sagte er und streichelte ihren Rücken.

»Was? Du Eselssohn!«, donnerte der Vater, wobei er seine Gebetskette in das Gesicht seines Sohnes warf. »Wie kannst du es wagen? Hab ich dir nicht ausdrücklich gesagt, wenn du sie suchst, werde ich dir nie verzeihen?« Er schlug mit seiner Faust auf den Tisch, stand wieder auf, ging noch mal zum Fenster und schaute nach draußen, ohne etwas zu sehen. Er war erschrocken.

Der Sohn hatte die Gebetskette in der Luft gefangen und lächelte. »Bitte entschuldige, Vater, sie ist meine Schwester. Ich habe sie gefunden und ihr auch Geld gegeben.«

Die Frau war froh und erleichtert, aber gleichzeitig ungeduldig. Sie wollte so schnell wie möglich wissen, wo ihre Tochter steckte. Aber sie überlegte, dass es vielleicht besser wäre zu warten, bis diese Streiterei zu Ende ging.

»Ja, Vater. Gönül ist bei einer Frau, wie gesagt, die ich gut kenne. Sie mag Gönül so, als wäre sie ihre eigene Schwester. Wir haben lange überlegt und uns entschieden: Ich werde Gönül finanziell unterstützen, bis sie mit ihrem Studium fertig ist. Und die Frau stellt ihr ein Zimmer zur Verfügung, ohne einen Pfennig Miete zu verlangen. Ich habe zu ihr großes Vertrauen, sie ist eine sehr nette Frau. Wenn du sie sehen würdest, hättest du ihr auch dein Vertrauen geschenkt.« Er sah auf seine Uhr und fuhr fort: »In einer Stunde werden deine Tochter und meine Bekannte hier sein.«

»Nein, ich habe keine Tochter mehr! Wenn sie kommt, schmeiße ich beide raus! Oder ich fliege heute noch in die Türkei! Und mit dir bin ich noch nicht fertig! Mit dir werde ich später abrechnen!«

»Nein, Vater, das ist deine Wohnung, du brauchst nicht zu verschwinden. Gönül bleibt ohnehin nicht hier, sie möchte weiterhin bei der Frau wohnen. Sie wollen nur deine Hände küssen und dann wieder gehen.«

»Wer ist diese Frau? Wo wohnt sie?«, fragte er fassungslos.

»Sie wohnt in Ostberlin.«

»Und wer ist sie?«

»Ich sagte bereits, eine nette Frau. Ihr Vater ist auch Türke. Er soll ein sehr toleranter Mensch sein; obwohl sie mit ihrem Freund jahrelang ohne Trauschein zusammengelebt hat, zeigte er volles Verständnis. Trotzdem ist sie sauer, weil er ihr seinen Nachnamen nicht gegeben hat. Auf der anderen Seite hat er nach dem Mauerfall ihr Erbe im Voraus ausbezahlt. Er wollte damit verhindern, dass jemand später etwas davon erfährt.«

»Armes Kind! Und so ein Vater! Hol ihn der Teufel!«, murmelte die Frau halblaut.

»Ja, Mama. Sie sieht genauso aus wie Gönül, als wären sie Zwillinge. Und sie heißt Yasemin, aber alle nennen sie Jasmin. Sie trägt jetzt den Nachnamen des Stiefvaters«, sagte der Junge, blickte auf seinen Vater und wartete ab.

Der Vater schaute seinen Sohn erschrocken an. Der Junge hatte irgendwie von seinem Geheimnis erfahren. Sein Gesicht wurde erst rot, dann blass. Sein Schnurrbart zitterte.

»Du … du … hast …«, stotterte er, wobei seine Hände nach unten fielen.

Bevor er umkippte, nahm der Sohn ihn in die Arme.

»Oh, mein Gott!«, schrie die Mutter wie am Spieß, stand auf und lief zu ihrem Mann. »Was ist denn mit ihm passiert, mein Sohn? Vor Wochen hat er doch noch eine Gesamtuntersuchung machen lassen, alles war in Ordnung!«

»Keine Angst«, sagte der Sohn, nachdem er den Pulsschlag des Vaters geprüft hatte. »Er hat sich etwas aufgeregt. Bring mir doch bitte ein kühles Tuch, Mutter. Danach kannst du für Gönül und ihre Freundin etwas vorbereiten.«

»Ja, ja! Aber erst warte ich, bis dein Vater wieder zu sich kommt!«, erwiderte sie und rannte zum Wandschrank, um Kölnischwasser zu holen.

Danksagung

Bei diesem Buch haben mir einige wichtige Menschen geholfen, bei denen ich mich bedanken möchte. Dank an meinen Schwiegersohn Frank, der meine ersten Übersetzungsversuche las und mir Mut gab, weiterzumachen. Dank an meine Töchter Buket und Şenda, die sich viel Mühe gaben, mir dabei zu helfen. Mein besonderer Dank geht an meinen ehemaligen Kollegen und treuen Freund, Bernd Dittrich, der die Korrektur übernahm.

Alle Fehler bei der Erzählung, die Wortwahl und Stil aufweisen mögen, stammen von mir.